ANNA JOHANN

Tödliches Maskenspiel

IN DER FALLE »Ich muss Sie unbedingt heute noch sprechen!«, sagte der Anrufer. Nun steht Privatdetektivin Sabine Reichert mitten in der Nacht auf einem verlassenen Parkplatz vor einer Friedhofsmauer. Regen hüllt alles in ein schmutziges Grau. Keine Spur von ihrem Auftraggeber. Auf seinem Anrufbeantworter singt eine quäkende Stimme eine alte Moritat, kichert blöde und sagt: »Sollten Sie wider Erwarten noch dazu in der Lage sein, sprechen Sie Ihre letzten Worte nach dem Piep!« Sabine hat genug und macht sich irritiert auf den Heimweg nach Frankfurt. Plötzlich taucht in ihrem Rückspiegel ein Wagen auf. Er fährt dicht auf, rammt ihre Stoßstange. Dann beschleunigt der Fahrer, fährt neben ihr auf gleicher Höhe. Sie sieht in ein grinsendes, rotbäckiges Gesicht. Eine Maske. Die dunklen Augenschlitze über der großen wulstigen Nase starren sie höhnisch an. Was hat der Kerl vor? Dann begreift sie: Er will sie von der Straße drängen. Sabine kann nicht ausweichen, sie sitzt in der Falle. Ein grausames Katz-und-Maus-Spiel beginnt.

Anna Johann war viele Jahre als Dramaturgin und Regisseurin an verschiedenen Theatern tätig. Auch das Schreiben gehörte immer zu ihrem Leben. Sie hat Kurzgeschichten, Erzählungen, Hörspiele und Theaterstücke veröffentlicht, Filme von Margarethe von Trotta und Woody Allen für die Bühne bearbeitet. Heute lebt sie als freie Autorin und Übersetzerin hauptsächlich auf der süditalienischen Insel Stromboli.

ANNA JOHANN

Tödliches Maskenspiel

Kriminalroman

GMEINER SPANNUNG

Immer informiert

NEWSLETTER

Spannung pur – mit unserem Newsletter informieren wir Sie regelmäßig über Wissenswertes aus unserer Bücherwelt.

Gefällt mir!

Facebook: @Gmeiner.Verlag
Instagram: @gmeinerverlag
Twitter: @GmeinerVerlag

MIX
Papier aus verantwortungsvollen Quellen
FSC® C083411
FSC www.fsc.org

Besuchen Sie uns im Internet:
www.gmeiner-verlag.de

Im Ehnried 5, 88605 Meßkirch
Telefon 07575/2095-0
info@gmeiner-verlag.de

1. Auflage 2020

Herstellung: Mirjam Hecht
Umschlaggestaltung: U.O.R.G. Lutz Eberle, Stuttgart
unter Verwendung eines Fotos von: © VikSid
https://commons.wikimedia.org/wiki/File:Frankfurt_am_Main,_Eschenheimer_Turm.jpg
Druck: CPI books GmbH, Leck
Printed in Germany
ISBN 978-3-8392-2598-1

Personen und Handlung sind frei erfunden.
Ähnlichkeiten mit lebenden oder toten Personen
sind rein zufällig und nicht beabsichtigt.

1.

»Kann der nicht abblenden, der Idiot!« Immer wieder dasselbe. Manche Autofahrer lernen es nie. Der Typ fährt viel zu dicht auf, klebt an meiner Stoßstange, und das auch noch mit eingeschaltetem Fernlicht. »Abblenden! Verdammt noch mal!«

Sinnlos, laut herumzuschreien. Als ob der mich hören könnte. Mir reicht es für heute. Meine Augen brennen. Ich bin hundemüde. Kein Wunder nach so einem Tag. Das Gespräch zog sich endlos hin. Die alte Dame hatte Skrupel, ihrem einzigen Enkel eine Detektivin auf den Hals zu hetzen, weil sie den Verdacht hat, dass er sie betrügt. Die Bedenken kann ich verstehen. Drei Stunden und ein gemeinsames ausgiebiges Mittagessen brauchte es, bis ihre Zweifel ausgeräumt und alle Für und Wider erwogen und geklärt waren. Erst am späten Nachmittag unterschrieb sie schweren Herzens den Vertrag. Kaum war ich unterwegs, fing es an zu regnen. Und es regnet immer noch. Was heißt, es regnet. Es schüttet.

Ich hätte in Regensburg bei ihr übernachten sollen. Das hatte sie mir angeboten, halb hatte ich schon ja gesagt, da rief ein gewisser Dr. Franz Arnold an und wollte mich so schnell wie möglich persönlich sprechen.

»Ich bin zurzeit auf Dienstreise. Morgen Nachmittag könnte ich es einrichten.«

»Das ist zu spät, Frau Reichert. Es muss heute noch sein. Unbedingt! Es handelt sich um eine sehr diffizile Sache, die umgehend geklärt werden muss. Ich kann Ihnen am Telefon keine weiteren Erläuterungen geben. Sie erfahren alle Details, sobald Sie hier sind. Und ich muss auf absoluter Vertraulichkeit bestehen. In meiner Position ist das überlebenswichtig.«

Seit diesem bekannten Politiker, meinem ersten Mandanten, dessen Fall ich diskret gelöst habe, geht es bei meinen Aufträgen immer um »absolute Vertraulichkeit«. Bei einer Detektivin sollte das allerdings generell selbstverständlich sein.

Schließlich erklärte ich mich bereit, noch an diesem Abend bei ihm vorbeizukommen. »Es kann aber sehr spät werden, bis ich bei Ihnen bin.«

»Kein Problem«, sagte er. »Ich warte. Und wenn es Mitternacht wird. Ich warte.«

Stunden später irrte ich in diesem nicht enden wollenden Regen durch ein verschlafenes Dorf und fand seine Adresse nicht. Dabei hatte er mir die Route genauestens beschrieben. Er wohne etwas außerhalb des Ortes, in einem parkähnlichen Gelände. Von der Autobahnausfahrt seien es zehn Kilometer bis zum Ortseingang.

»Folgen Sie der Hauptstraße bis zum Ende des Dorfes. Am Ortsschild biegen Sie links in eine schmale Straße ein. Und nach circa 200 Metern sind Sie auch schon da. Fahren Sie durch das große Tor direkt vors Haus. Sie können es nicht verfehlen.«

Und ob ich das konnte. Die Fahrt endete nicht vor einem Haus in einem parkähnlichen Gelände, sondern auf einem verlassenen Parkplatz vor einer Friedhofsmauer. Ein passender Ort – nachts, kurz vor 24 Uhr. Kein menschlicher Laut war zu hören gewesen, nur der Regen, der auf das Autodach trommelte, und das Rauschen der Bäume, die vom Wind kräftig geschüttelt wurden. Direkt vor mir ragte ein steinerner Engel über die Mauer. Das diffuse Licht des Mondes, das sich ab und zu durch die Wolken und Regenschleier kämpfte, ließ den Engel merkwürdig lebendig erscheinen. Den einen Arm hatte er ausgestreckt, die Hand einladend geöffnet, als würde er mir winken. Fehlte nur noch, dass ein Käuzchen schrie: »Kju-witt! Komm mit. – Kju-witt.«

Mir fiel eine Geschichte aus einem meiner Kinderbücher ein, in der der Lockruf eines Kauzes einen kleinen Jungen ins Verderben geführt hatte. Nächtelang hatte mich diese Geschichte in meinen Träumen verfolgt. Über Wochen konnte ich nur bei Licht schlafen.

Und auch vor dieser Friedhofsmauer war mir ganz und gar nicht wohl in meiner Haut gewesen. Weit und breit kein Mensch, nur ein verwaistes Auto stand am anderen Ende des Parkplatzes. Ein roter Golf, wie ich im Scheinwerferlicht erkannte.

Ich habe den Sicherungsknopf am Armaturenbrett heruntergedrückt, die Innenbeleuchtung eingeschaltet und mein Handy aus der Tasche gekramt, um diesen Dr. Arnold anzurufen. Ich war wütend. Warum hatte ich mich bloß darauf eingelassen, seinem Drängen nachzugeben. Das war etwas, was ich lernen musste: Nein zu sagen.

Wie erkläre ich ihm das jetzt, hatte ich überlegt, dass mein Orientierungssinn schon immer zu wünschen übrig ließ?

Vor zwei Jahren hätte ich für diese Irrfahrt noch die volle Verantwortung übernommen, es als selbstverständlich angesehen, dass ich rechts und links verwechselt hatte. Aber ich habe hart an mir gearbeitet.

Ich sage nicht mehr »oben« und »unten«, »rechts« und »links, wenn die Autokarte vor mir liegt, sondern nenne die Himmelsrichtungen. An der Steuersäule meines Autos klebt ein kleiner Kompass, und ich studiere genau die Richtung, in die ich fahren muss, bevor ich mich auf den Weg in eine fremde Stadt mache. Mein Beruf hat mich dazu gezwungen. Durch stundenlanges Herumirren habe ich einen lukrativen Auftrag verloren. Seitdem habe ich meinen Orientierungssinn systematisch geschult. Völlig sicher fühle ich mich allerdings noch nicht.

Heutzutage besitzt man natürlich ein Navigationsgerät. Aber dazu habe ich mich bisher nicht durchringen können. Der Gedanke, über Satellit ständig beobachtet zu werden, ist mir unangenehm. Und heute Nacht hätte mir das sowieso nichts genützt, denn dieser Dr. Arnold hatte keine Straße genannt. Ich hatte ihn auch nicht danach gefragt. Wieder einmal typisch. Also beschloss ich, lieber irgendetwas von einer Panne zu erzählen.

Doch die Überlegungen hätte ich mir sparen können. Nach dem sechsten Läuten schaltete sich der Anrufbeantworter ein. Eine quäkende Stimme sang: »Warte, warte nur ein Weilchen, dann kommt Haarmann auch zu dir. Mit dem kleinen Hackebeilchen macht er Hackefleisch aus dir.« Danach kicherte es blöd und die Stimme sagte: »Sollten Sie wider alle Erwartung noch dazu in der Lage sein, dann sprechen Sie Ihre letzten Worte bitte nach dem Piep!«

Merkwürdigen Humor haben manche Menschen. Aber vielleicht gab es im Hause Arnold einen pubertierenden Sohn.

Betont sachlich drückte ich mein Bedauern aus, dass ich es nicht geschafft hatte, die Verabredung einzuhalten, und bat um Rückruf, um einen neuen Termin zu vereinbaren. Ich beendete die Verbindung und rollte vom Parkplatz. Im Vorbeifahren sah ich, dass in dem roten Golf jemand saß. Merkwürdig. Ich hätte schwören können, dass der Wagen leer war, als ich hier angekommen war. Könnte natürlich sein, dass der Fahrer ein Schläfchen gemacht hatte. Kein Ort, den ich mir dafür aussuchen würde.

Bis heute steht die Mutprobe noch aus, eine Nacht auf einem Friedhof zu verbringen. Als ich 14 war, habe ich es einmal versucht. Ich war sehr ängstlich und mein Vater hätte so gerne ein mutiges Mädchen zur Tochter gehabt. Sozusagen als Ersatz für den Sohn, den er nicht bekommen hatte. Ich wollte ihm unbedingt den Gefallen tun und hatte beschlossen, den Teufel mit dem Beelzebub auszutreiben.

Es war alles vorbereitet. Der Rucksack gepackt, ein Schlafsack und eine Decke draufgeschnallt, meinen Eltern erklärt, dass ich bei einer Schulfreundin übernachten werde. Und dann hatte ich mich nicht einmal in die Nähe des Friedhofs getraut, sondern war zum Bahnhof gelaufen und hatte mich in den Wartesaal gesetzt. Da hockte ich mutterseelenallein an einem Tisch und weinte leise vor mich hin, weil ich versagt hatte. Bald standen ein Stück Sahnetorte, ein Bier, ein Schnaps und ein mittlerweile kaltes Würstchen vor mir – Versuche der vier Männer, die am Nebentisch Skat spielten, mich zu trösten. Ich habe nichts von allem angerührt, was sie für mich bestellt hatten. Schließlich ist einer von den vieren aufgestanden und wollte sich neben mich setzen. Kaum hatte er nach der Stuhllehne gegriffen, stand der Kellner da und schickte ihn zurück. Er achtete die nächste Stunde streng darauf, dass man mich in Ruhe ließ.

Als der Wartesaal geschlossen wurde, bin ich wie selbstverständlich mit diesem Kellner nach Hause gegangen und war mir absolut sicher gewesen, dass mir nichts geschehen würde. Ich habe auf seiner Couch geschlafen. Die Geschichte, die ich erfunden habe, um zu erklären, warum ich in der Nacht kein Zuhause hatte, weiß ich nicht mehr.

Am nächsten Morgen in der Schule hatte ich das Gefühl, letztendlich doch eine Mutprobe bestanden zu haben, auch wenn es mit dem nächtlichen Friedhofsbesuch nicht geklappt hatte.

Der Kerl ist ja immer noch da. Fährt nach wie vor viel zu dicht auf. Wo kommt der überhaupt her? Die ganze Zeit war die Straße hinter mir menschenleer gewesen. Da taucht der wie aus dem Nichts auf, als hätte er irgendwo auf mich gewartet. Wenn es nicht nachts um eins wäre, würde ich auf den nächsten Parkplatz fahren und den Typ vorbeilassen.

Aber vielleicht würde er das als Aufforderung verstehen, mir zu folgen. Was weiß ich, was in dessen Kopf vorgeht. Wenigstens hat er endlich abgeblendet.

Und immer noch dieser Regen, er hüllt alles in ein nebliges, schmutziges Grau. Es sind kaum Konturen zu erkennen. Die wenigen verschwommenen Lichtpunkte in den Häusern links und rechts der Straße wirken weit entfernt.

Nah ist nur der komische Kerl hinter mir. Wenn es denn ein Kerl ist. Im Rückspiegel kann ich nur die Umrisse des Fahrers sehen. Wie aus schwarzer Pappe ausgeschnitten. Einmal kurz auf die Bremse getreten und für eine Sekunde wird das Gesicht rot angestrahlt. Es ist ein Mann, er trägt eine Brille. Ich mag das Manöver nicht wiederholen.

Könnte ja sein, er fährt mir hintendrauf. Bloß das nicht. Die Vorstellung, aussteigen zu müssen, um mich mit dem Typen auseinanderzusetzen, ist mir alles andere als angenehm.

Mich überfällt eine diffuse Angst. Ich bin die Strecke schon oft nachts gefahren, aber nie zuvor kam sie mir so menschenleer vor wie heute. Für einen Autobahnzubringer, der in die Metropole führt, in die Mainmetropole, um genau zu sein, ist hier wenig los. Sozusagen gar nichts. Es kommt mir nicht einmal ein Fahrzeug entgegen. Es gibt nur mich und den Kerl hinter mir.

Plötzlich macht mein Auto einen Satz. Und noch einmal. Um Gottes willen, ist etwa das Benzin alle? Nein. Die Tankanzeige steht auf halbvoll. Da, wieder. Mein Auto bockt wie eine störrische Geiß.

Nein, bitte nein. Bitte keine Panne. Dann begreife ich es. Der Wagen hinter mir touchiert in kurzen Intervallen die Stoßstange meines Autos. Spielerisch, nur leicht. In einem bestimmten Rhythmus: lang, kurz, lang, kurz, kurz, kurz, lang, kurz. Wie eine Melodie. Das darf nicht wahr sein. Was hat der vor?

Der fremde Wagen fällt ein Stück zurück. Hat der Kerl genug von dem Spiel? Nein. Er kommt wieder näher und wiederholt das Manöver. Ich gebe Gas. Mein Verfolger hält mit, wechselt auf die linke Fahrspur und ist Sekunden später mit mir auf gleicher Höhe. Allerdings fährt er nicht vorbei, sondern bleibt neben mir.

Nur nicht zu ihm hinsehen. So tun, als ob das alles normal sei und es mich überhaupt nicht interessiert.

Aber das halte ich nicht aus und drehe den Kopf nach links. Ein grinsendes, rotbäckiges Gesicht lacht mich an. Der Fahrer trägt jetzt eine Maske, eine Karnevalsmaske. Und dieses lackierte Grinsen ist schlimmer als alles andere.

Plötzlich weiß ich, dass dieser Kerl gleich seinen Wagen rüberziehen und mich seitlich rammen wird. Ich kann nicht ausweichen, denn rechts von mir ist ein hoher Randstein und dahinter ein Geländer. Er hat sich eine strategisch günstige Stelle ausgesucht. Wir fahren gerade über die Kaiserleibrücke. Wie heftig müsste der Aufprall sein, dass der Schwung ausreichte, mich über das Geländer zu katapultieren?

Wäre es leichter für ihn, wenn ich das Tempo senke, oder hält eine höhere Geschwindigkeit das Auto eher auf der Straße?

Doch der erwartete Stoß in die Fahrerseite bleibt aus, stattdessen beschleunigt der Wagen, zieht an mir vorbei, setzt sich direkt vor mich und bremst mich aus. Panisch lenke ich das Auto nach links, doch blitzschnell wechselt auch er die Spur und zwingt mich wieder nach rechts. Er spielt Katz und Maus mit mir. Jagt mich von der einen Seite zur anderen und wieder zurück. Als wolle er provozieren, dass ich ihm in den Kofferraum fahre. Ich habe nur einen Gedanken im Kopf: Das darf ihm nicht gelingen.

Plötzlich vergrößert er den Abstand. Vielleicht weil uns gerade mehrere Fahrzeuge entgegenkommen. An der nächsten Ampel muss er halten. Ich stehe dicht hinter ihm. Jetzt schaut mich dieses lackierte Grinsen durch die Heckscheibe an. Er hat die Maske auf den Hinterkopf geschoben, und ich habe das Gefühl, diese dunklen Augenschlitze über der überdimensional großen wulstigen Nase starren mich höhnisch an. Als die Ampel auf Grün umspringt, winkt dieser Mensch mir lässig zu, fährt geradeaus weiter, während ich links in die Wittelsbacher Allee einbiege.

Gas wegnehmen, in den Rückspiegel schauen, kuppeln, schalten, Blinker setzen. Links einordnen. Ich sage es laut vor mich hin, eine Beschwörungsformel des konkreten Handelns gegen diese dunklen Ängste, die sich in mir festgekrallt haben.

Als ich mich unserem Haus nähere, sehe ich, dass im Wohnzimmer Licht brennt. Von der Straße aus kann man die Fenster unserer Dachwohnung im fünften Stock zwar nicht sehen, aber der schwache Schein, der auf die Brandmauer des Nebenhauses fällt, zeigt mir, die Lampe auf dem Schreibtisch ist an. Paul ist noch wach.

Ich biege in die Einfahrt ein und bleibe vor der Garagentür stehen. Meine Hände umklammern schweißnass das Lenkrad. Ich zittere. Am liebsten würde ich Paul vom Auto aus anrufen und ihn bitten, runterzukommen, um mich abzuholen. Die Garage liegt hinter dem Haus und der Weg zur Eingangstür wird nur schwach durch eine Straßenlaterne beleuchtet.

Ich atme tief durch. »Mach dich nicht lächerlich.«

Es dauert ein paar Minuten, bis ich mich überwinden kann, das schützende Auto zu verlassen, um die Garagentür zu öffnen. Ich drehe mich um, fürchte, jeden Moment das grinsende Pappgesicht hinter mir auftauchen zu sehen. Doch nichts rührt sich. Alles ist still.

Der Moment, als ich in der Garage die Scheinwerfer ausschalte und in der Dunkelheit dasitze, dehnt sich endlos. Durchs Heckfenster sehe ich schemenhaft die Rückfront des Hauses. Eine dunkle Fassade ohne ein einziges tröstendes Licht. Alles schläft. Wer würde mich schreien hören? Paul oben unterm Dach bestimmt nicht. Ich steige aus, schlage das Garagentor hastig zu, renne zur Haustür und suche mit dem Schlüssel nach dem Schlüsselloch. Die Außenbeleuchtung wage ich nicht einzuschalten, genauso wenig, wie ich eben nach dem Handy gegriffen habe, um seine Taschenlampe zu nutzen. Ich will mich nicht so klar erkennbar ungeschützt als Zielscheibe anbieten. Zielscheibe für wen? Diese Erleichterung, als die Haustür hinter mir ins Schloss fällt und das Licht im Treppenhaus angeht. In Sicherheit. Zu Hause.

*

Ein roter Golf biegt im Schritttempo um die Ecke und hält vor dem Haus an. Ein Mann steigt aus, legt den Kopf in den Nacken und schaut zu dem Lichtschimmer auf der Brandmauer hinauf. Lange steht er so da. Er zündet sich eine Zigarette an und streicht sich eine störrische Locke aus der Stirn. Ein Pärchen geht an ihm vorbei. Er hat einen Cowboyhut auf, sie trägt ein Stirnband mit einer wippenden Feder dran.

»He, Kumpel!«

Die beiden rempeln den Mann an, der sich immer noch an sein Auto lehnt und nach oben starrt.

»Kommst du mit? Spendierst uns noch 'nen Drink?«

Der Mann reagiert nicht.

»Dann eben nicht«, sagt das Mädchen und küsst die Maske, die der Mann um den Hals hängen hat. Es sieht aus, als würde das gelackte Grinsen in dem rotbackigen Pappgesicht noch breiter. Das Pärchen geht kichernd weiter.

*

Mein Zuhause. So recht begreife ich es immer noch nicht, aber es macht mich stolz. Ich, ich ganz allein, habe mir das erarbeitet. Bei keinem muss ich mich dafür bedanken. Morgens beim Frühstück überfällt mich manchmal jäh ein Glücksgefühl. Vor allem im Sommer, wenn ich auf dem Balkon vor meiner Küche sitze und in dem Kastanienbaum im Hof irgendwelche Vögel eine Versammlung abhalten. Oder wenn ich in der Badewanne liege und am Fenster über mir die Wolken vorbeiziehen. Und wie oft habe ich den Sonnenuntergang schon fotografiert? Meine kleine Dachterrasse liegt nach Westen und der Blick geht weit über die Stadt bis nach Sachsenhausen.

Als mein dritter Fall mich damals nach Frankfurt führte, hatte ich erkannt, dass ich so schnell wie möglich die Stadt meiner Kindheit verlassen und mich hier niederlassen musste. Meine Tante hätte es sicher verstanden, dass ich mich, ein Jahr, nachdem ich ihre Detektei übernommen hatte, von der gesamten Vergangenheit befreien und mir ein eigenes, unabhängiges Leben aufbauen musste. Solange ich in den Räumen saß, in denen 40 Jahre lang die Schwester meines Vaters gearbeitet hatte, solange

Frau Seibold, die alt gediente Sekretärin, mich unterschwellig, aber nicht weniger penetrant daran erinnerte, dass ich letztlich nur geduldet wurde, weil ich zwar die Detektei, sie selbst jedoch das Haus geerbt hatte, solange meine Arbeit ständig mit der meiner Tante verglichen wurde, fühlte ich mich gegängelt, unsicher.

Und Frankfurt entspricht auch eher meiner Klientel. Dem Staatsminister, meinem ersten »Kunden« – dessen Auftrag ich nur dem Tatbestand zu verdanken hatte, dass er mich anfänglich für meine Tante hielt, die ihre Arbeit sehr diskret und erfolgreich erledigt hatte –, folgte ein Innenminister, der die Existenz eines unehelichen Sprösslings unauffällig geprüft haben wollte.

Danach stellte ich Nachforschungen über die Art der Einkünfte des Sohnes eines Vorstandsvorsitzenden der Stahlindustrie an, und die Tochter eines Aufsichtsratsmitgliedes einer sehr renommierten Bank sollte ich auf den rechten Weg zurückbringen, bevor die Polizei etwas von den Aktivitäten erfuhr, denen die junge Frau nachging. Das war allerdings nicht ganz geglückt. Aber das hatte nicht ich zu verantworten. Trotzdem hinterließ diese Geschichte in mir ein ungutes Gefühl, das bis heute anhält.

Ich brauche kein goldglänzendes Schild an der Tür. Neben der Klingel meines Büros in der Eschersheimer Landstraße steht klein und schlicht mein Name:

Sabine Reichert. Ich inseriere nicht in einschlägigen Publikationen, bin nicht im Telefonbuch zu finden und im Branchenverzeichnis werde ich ebenfalls nicht geführt. Das alles habe ich bislang nicht nötig. Ich arbeite nur auf Empfehlung, und das zahlt sich aus. Für jemanden, der als absoluter Laie in diesen Beruf gestolpert ist, habe ich eine atemberaubende Karriere gemacht. Es gibt Momente, da kann ich es selbst nicht glauben.

Der Kauf meiner Wohnung war ein spontaner Entschluss gewesen. Eigentlich war ich nach Frankfurt gekommen, um mich nach einer Mietwohnung umzusehen. Die passenden Büroräume hatte ich schon. Ich hatte mal wieder unglaubliches Glück. Ein Kunde von mir brauchte mehr Platz. Sein Investmentgeschäft florierte. Er hatte auch schon das entsprechende Objekt gefunden. Nur lief sein Mietvertrag für das jetzige Büro noch und er war sehr erfreut, dass ich es zeitnah übernehmen konnte. Für mich war es genau richtig. Drei Räume, eine winzige Küche und eine Toilette mit Bad. Für mich etwas zu teuer, die Frankfurter Innenstadt hat ihren Preis. Musste ich bei meiner Wohnung eben finanziell einige Abstriche machen.

Ich hatte einen detaillierten Plan ausgearbeitet: wie hoch die Miete sein dürfte, dass ich nur einen Vertrag über zwei Jahre abschließen wolle, denn es war ja nicht sicher, ob ich in dieser Stadt Erfolg haben würde, in welchem Stadtteil ich am besten suchen sollte und so weiter.

Bei meiner Ankunft hatte ich mir am Bahnhof einige Zeitungen gekauft, doch statt der Seite mit den Mietangeboten den Immobilienteil aufgeschlagen. Die Anzeige sprang mir sofort ins Auge. »Zwei-Zimmer-Dachwohnung, separate Küche, Bad mit Tageslicht, Balkon und kleine Dachterrasse.«

Ich habe angerufen, konnte die Wohnung gleich besichtigen, und als ich das Wohnzimmer sah mit seinen hellen Dielenbrettern und den schmalen, bodentiefen Fenstern, die auf die kleine, halb ins Dach eingelassene Terrasse hinausführten, die mit breiten Blumenbänken eingegrenzt war, wusste ich, die will ich.

Eine Stunde später hatte ich den Kaufvertrag unterschrieben, ohne die geringste Vorstellung davon zu haben, wie ich mein Leben weiter finanzieren sollte. Zwar deckte das Erbe, das mir meine Tante hinterlassen hatte, den halben Kaufpreis, aber ich hatte den Betrag zurücklegen wollen. Für harte Zeiten. In meinem neuen Beruf war ich zwar erfolgreich, doch es gab keine Garantie dafür, dass es so bleiben würde. Vielleicht war bisher alles nur Anfängerglück. Heute weiß ich: Wenn irgendein Entschluss in meinem Leben richtig gewesen war, dann der, diese Wohnung zu kaufen. Auch die Lage ist perfekt. Dieser Stadtteil Bornheim wird das »Frankfurter Dorf« genannt. Und genau so fühlt es sich für mich an. Alles, was ich für mein tägliches Leben brauche, ist gleich um die Ecke. Markt ist zweimal in der Woche und zu dem Berger Kino sind es nur ein paar Schritte.

Oft wache ich morgens auf und schicke ein Dankgebet gen Himmel.

Ich erinnere mich noch sehr genau an jenen Morgen in der Anwaltskanzlei, als der Notar mir eröffnete, dass meine vor zwei Wochen verstorbene Tante mir ihre Detektei vermacht hatte, mit der Auflage, sie weiterzuführen. Als Kind hatte ich diese Frau sehr bewundert. Wie sie aussah, hatte ich auch später aussehen wollen. Sie war sehr groß und sehr schlank gewesen, hatte lange Beine gehabt. Ihre Haare waren tiefschwarz gefärbt und streichholzkurz geschnitten, die Lippen knallrot geschminkt. Egal ob sie in einer fleckigen, zerschlissenen Latzhose im Garten arbeitete, sich vor dem Fernseher in eine Decke – Ton in Ton mit der Farbe ihrer Lippen – hüllte oder ihre »Dienstkleidung« – wie sie es nannte – trug: eine schwarze Hose mit weitem Schlag, ein weißes Hemd mit langen, schmalen Manschetten an den Ärmeln und eine ärmellose schwarze Weste. Sie sah immer perfekt aus, wirkte sehr souverän und nicht so wie ich heute: blass und unscheinbar, mit meiner eher kindlichen Figur, klein und schmal, kaum Busen. Dazu die blasse Haut und das hellbraune Haar.

Wenigstens hat die Natur mir schöne große blaue Augen mitgegeben. Ein bisschen mehr Selbstvertrauen hätte ich gerne auch noch mitbekommen. Das muss ich mir hart erarbeiten.

Meine Mutter hatte ihre Schwägerin nur »dieses Frauenzimmer« genannt und sich standhaft geweigert, sie zu sehen. Eine Lesbe war für eine streng katholische Frau wie sie eine »Persona non grata«. Was das bedeutete, hatte ich damals nicht verstanden.

Wenn mein Vater mich zu einem Besuch bei seiner Schwester mitnahm, löste das jedes Mal einen heftigen Disput zwischen meinen Eltern aus. »Verantwortungsloser Vater«, »schädlicher Einfluss auf das Kind« – diese Worte wiederholten sich.

Mein Vater entgegnete dann ruhig: »Lass gut sein«, nahm mich an der Hand und ging. Ich hatte gegenüber meiner Mutter ein schlechtes Gewissen, weil ich meine Tante liebte und meinen Vater in seiner Konsequenz toll fand.

Er redete mit seiner Schwester oft über einen ihrer Fälle, und ich saß ganz still dabei und hörte zu, auch wenn ich kaum etwas von dem begriff, was da besprochen wurde. Aber ich langweilte mich nicht. Ich fühlte mich wohl dort, liebte dieses hohe Zimmer mit der Kassettendecke aus Holz, den Bücherregalen bis unter die Decke und seinen schmalen Fenstern, die zum Garten hinausgingen. Die Oberlichter waren aus bleigefasstem Buntglas. Die Sonne malte bei schönem Wetter Muster auf den hellen Holzboden, die sich ständig veränderten, wenn der Wind mit dem großen Baum vor dem Haus spielte. Es war eine sehr stille, friedliche Atmosphäre, und ich fühlte mich sehr geborgen zwischen diesen ruhigen, nachdenklichen Stimmen. Und manchmal fragte die Tante: »Und Sabine, was meinst du dazu?«

Ich weiß nicht mehr, was ich darauf geantwortet habe, aber etwas muss ich gesagt haben, denn ich erinnere mich sehr genau, wie meine Tante an einem Nachmittag dem Vater zulächelte und feststellte: »Sie hat ein helles Köpfchen, deine Tochter.« Er sah sehr stolz aus, und ich war es auch. Es musste nicht ausdrücklich gesagt werden, dass diese Gespräche höchste Geheimstufe hatten. Das war mir klar. Ich hätte nie ein Sterbenswörtchen davon verraten. Ganz bestimmt nicht meiner Mutter gegenüber, die oft versuchte, mich auszufragen.

Und wenn das Geschäftliche erledigt war, gab es Kakao und Kuchen, und ich war dran mit dem Erzählen. Mit meiner Tante konnte ich über alles reden. Sie nahm mich ernst, obwohl ich erst sechs Jahre alt war. Es wäre sicher sehr hilfreich gewesen, wenn ich diese Gespräche während der Pubertät hätte fortsetzen können. Aber als mein Vater starb, war das nicht mehr möglich, denn meine Tante wagte es nicht, sich dem ausdrücklichen Kontaktverbot meiner Mutter zu widersetzen. Ich schrieb ihr allerdings nach wie vor zum Geburtstag und zu Weihnachten Grußkarten, die alle mit einem langen Brief beantwortet wurden.

Als ich später in Berlin zur Schauspielschule ging, wurden auch meine Grüße wieder ausführlicher. Von meiner Tante bekam ich die Unterstützung, die ich im Kampf für die Durchsetzung meiner Pläne dringend brauchte. Und sie schenkte mir etwas noch viel Wertvolleres: das Vertrauen, dass ich es in diesem schwierigen Beruf schaffen würde, dass ich die Fähigkeit hätte, eine gute Schauspielerin zu werden.

Wie froh war ich damals gewesen, endlich diese Schule besuchen zu können, wie stolz, die Aufnahmeprüfung bestanden zu haben. Ich fühlte mich wohl auf der Bühne. Da war ich nicht schüchtern, nicht unscheinbar wie im wirklichen Leben, sondern stark. Ich hörte viel Positives über mein Können, mein Talent, meine Bühnenpräsenz. Und ich liebte den Applaus.

Aber mir fehlte damals jegliche Energie, dieses Leben durchzuhalten. Der Kampf, den ich mit meiner Mutter führen musste, um meinen Wunsch durchzusetzen, zum Theater zu gehen, hatte mich ziemlich erschöpft. Außerdem litt ich unter schrecklichem Heimweh. Ich vermisste die Geborgenheit meines Zuhauses, das mir vorher so eng und beschränkt vorgekommen war. Keiner hatte mich auf das Alleinsein vorbereitet.

Ich hätte es vielleicht geschafft, wäre da nicht Paul Sorgenfrei gewesen. Selten hat ein Name so gut gepasst. Ich verliebte mich heftig in diesen großen blonden Mann mit den faszinierenden grauen Augen. Mit meinen 19 Jahren dachte ich natürlich, dass diese Liebe ewig dauern und täglich weiterwachsen würde. Und dass er seine fantasievollen Liebesbekenntnisse einzig und allein für mich erfunden hatte. Ich wurde schnell eines Besseren belehrt. Um gegen diesen besonderen Kummer anzukämpfen, fühlte ich mich zu schwach. Wie so oft in meinem Leben. Also ging ich reumütig nach Hause zurück und machte eine Ausbildung zur Technischen Zeichnerin.

Nachdem ich Berlin Hals über Kopf verlassen und damit meine ganze Zukunftsplanung über den Haufen geworfen hatte, habe ich mich nie wieder bei meiner Tante gemeldet. Zu sehr quälte mich das Schuldgefühl, ihr Vertrauen enttäuscht zu haben. Ich schämte mich, versagt zu haben. Vor allem vor mir selbst.

Es ist mir bis heute unverständlich, warum meine Tante mir dieses Erbe hinterlassen hat, mit der Anmerkung: »Ich bin überzeugt, dass du genau die richtige Person bist, um dieser Aufgabe gerecht zu werden.« Denn wie ich das sehe, entspreche ich keinesfalls dem Bild einer Detektivin. Ich bin nicht furchtlos, entschieden und risikofreudig. Trotzdem habe ich das Erbe angenommen. Ein maßgeblicher

Grund war sicher, dass ich zu dieser Zeit arbeitslos war und dringend einen Job brauchte. Und ich habe diesen Entschluss bis heute nicht bereut.

Meine Theatererfahrung hat mir bei meiner neuen Arbeit gute Dienste geleistet. Drei Monate lang habe ich in einem Konstruktionsbüro vorgeblich als einfache Angestellte gearbeitet, um dem Verdacht der Geschäftsleitung nachzugehen, dass einer ihrer Mitarbeiter für einen Konkurrenten Industriespionage betrieb. Die Befürchtung bestätigte sich und ich bekam ein fürstliches Honorar, prozentual an dem bemessen, was der Firma ansonsten für ein finanzieller Schaden entstanden wäre.

Auch privat könnte mein Leben nicht besser sein. Denn vor gut einem Jahr stand plötzlich Paul vor meiner Tür. Er hatte ein Engagement als Regisseur am Frankfurter Schauspielhaus bekommen und meinte, es würde sich vielleicht lohnen, unsere alte Liebe aufzufrischen, die fast 20 Jahre auf Eis gelegen hatte.

»Ich hab mich geändert, Sabine. Ich muss nicht mehr jedem Rockzipfel hinterherlaufen. Ich bin reifer geworden. Und ich habe endlich begriffen, wie wichtig du für mich bist.«

Ich hatte ihn ausgelacht und weggeschickt. Ich wollte keine feste Beziehung. Meine letzte große Enttäuschung lag zwar Jahre zurück, aber sie blieb eine stechende Wunde, an die ich nicht rühren wollte. Ich hatte mir vorgenommen, niemanden mehr so nahe an mich heranzulassen, keinem jemals wieder die Möglichkeit zu geben, mich derart zu verletzen. Ein Flirt, unverbindlicher Sex – das ja. Aber keine Nähe, keine Perspektive einer gemeinsamen Zukunft.

Doch Paul blieb hartnäckig. Sein Lächeln, dem ich schon früher verfallen war, tat sein Übriges. Trotzdem beschloss ich erst bei einer gemeinsamen kurzen Reise in den Schwarzwald, zu der er mich einlud, mich noch einmal auf ihn einzulassen, ihm zu glauben, dass er sich geändert hatte.

Ich wollte ihm glauben, mich an dieser Illusion festhalten, obwohl mein Verstand mir sagte, dass es eine Illusion war. Weil ich diesen Glauben brauchte, weil ich grenzenlos allein gewesen war, so absolut verlassen, tief gedemütigt und in meinem Innersten völlig verunsichert.

Also baute ich den Spitzboden meiner Wohnung aus und Paul zog ein. Und das war gut so. Sogar sehr gut. Ich fühle mich wohl mit ihm. Er kann sehr fürsorglich sein. Bringt mich oft zum Lachen. Außerdem ist er ein guter Liebhaber. Bei so viel Glück könnten die Götter schon neidisch werden.

Als ich Paul jetzt von dem Vorfall mit diesem Maskenmenschen erzähle, klingt die ganze Geschichte plötzlich erleichternd harmlos. »Heute ist der 11.11., mein Schatz. Der Karneval fängt an. Der Typ hat irgendwo gefeiert, war besoffen und wollte sich auf deine Kosten ein bisschen amüsieren. Trotzdem war es eindeutig Nötigung und ein sehr gefährliches ›Spiel‹. Das hätte schlimm ausgehen können. Du solltest vielleicht eine Anzeige gegen unbekannt erstattet.«

Darüber hatte ich auch schon nachgedacht. Aber was könnte ich konkret Hilfreiches sagen? »Eine Person, die eine Karnevalsmaske aufhatte, ist mit ihrem Auto viel zu dicht auf meines aufgefahren, hat mich gerammt und mich anschließend zu riskantem Fahrbahnwechsel und abrupten Bremsmanövern gezwungen. Danach hat sie mir an einer Ampel lässig zugewinkt und ist weggefahren.«

Ich kann mir den Dialog mit dem Polizeibeamten genau vorstellen.

»Welcher Autotyp?«

»Keine Ahnung.«

»Farbe?«

»Hab ich nicht drauf geachtet.«

»Haben Sie sich das Kennzeichen gemerkt?«

»Nein.«

»Wieso nicht?«

»Weiß ich nicht.«

»Was sind Sie von Beruf? Detektivin?«

Den Blick, der dann mit dem Kollegen gewechselt würde, sehe ich deutlich vor mir. Leicht hochgezogene Augenbraue, ein spöttisches Lächeln gefolgt von der Frage: »Warum haben Sie sich überhaupt auf dieses Manöver eingelassen? Sie hätten doch bei nächster Gelegenheit rechts ranfahren und uns über Ihr Handy verständigen können.«

Hätte ich. »Habe ich aber nicht.«

»Warum nicht?«

»Weil ich voller Panik war, das Steuer nicht loslassen und auf gar keinen Fall stehen bleiben wollte. Und nur daran denken konnte, dass er mich umbringen will.«

Und wenn ich es zulasse, denke ich es auch jetzt noch, trotz der beruhigenden Worte von Paul: »Vergiss diesen Spinner. Gehen wir in die Küche. Ich mach uns Frühstück. Schließlich wird es bald hell.«

Kurz vor 3 Uhr im November ist das zwar stark übertrieben, aber darauf kommt es im Moment nicht an. Pauls Rezept, in allen trostbedürftigen Lebenslagen erst einmal etwas zu essen, scheint im Moment genau das Richtige zu sein.

Als er einen Teller mit Spiegelei und Speck vor mich hinstellt, beschließe ich, den ganzen Vorfall zu vergessen und nichts zu unternehmen.

*

In einer ruhigen Straße mit vielen Bäumen hält ein Auto vor einem großen Gittertor. Der Fahrer steigt aus und gibt in ein Kästchen an der linken Säule mehrere Zahlen ein. Das Tor öffnet sich, gleichzeitig geht ein Licht an und beleuchtet eine Einfahrt zwischen kunstvoll gestutzten Hecken, die vor einem hellen, jugendstilähnlichen Gebäude endet. Der Fahrer steigt wieder ein und steuert seinen Wagen auf das Haus zu. Auf der Ablage des Heckfensters grinst ein pausbäckiges Clownsgesicht. Fast geräuschlos schließt sich das Gitter wieder und das Licht erlischt.

2.

»Ist doch der Gipfel, dieser Typ. Na gut, ich mag ihn – aber das gibt ihm keinesfalls das Recht … Jedenfalls ist sein Körper göttlich, einfach göttlich! – Na, ich will dich nicht mit Details langweilen, aber sagt der doch zu mir: ›Warum nimmst du denn den Topf und nicht den anderen?‹ In meiner Küche. Das musst du dir mal vorstellen. – Dr. Arnold hat übrigens angerufen. Tut ihm leid, dass das mit dem Treffen gestern Abend nicht geklappt hat. Er ruft wieder an, um einen neuen Termin auszumachen. – Also sag ich zu ihm – nicht zu Dr. Arnold, zu ihm, du weißt schon –, ›Hör mir mal gut zu‹, sag ich zu ihm, ›das ist meine Küche und das sind meine Töpfe und darüber bestimme ganz allein ich. Und wenn dir das nicht passt …‹ ›Schätzchen‹, sagt der da. Ich hasse es, wenn er ›Schätzchen‹ sagt. ›Komm mir nicht mit Schätzchen‹, sag ich. Darauf er: ›Aber Schätzchen, reg dich doch nicht so auf!‹ – Wie ist es in Regensburg gelaufen? Hat die alte Lady angebissen? Hast du den Vertrag?«

In den ersten Wochen unserer Zusammenarbeit habe ich noch versucht, mich in die Wortkaskaden meiner Sekretärin einzumischen, war der irrigen Meinung, da ich ja Tanjas Chefin sei, das müsste irgendeine Wirkung zeigen. Nach zwei Monaten habe ich erkannt, dass das komplett sinnlos ist, und solche Versuche unterlassen.

Paul findet sie unmöglich. »Das ist doch keine Sekretärin. Warum entlässt du diese Nervensäge nicht und suchst dir eine, die diese Bezeichnung verdient und den Job wirklich kann? Und wie die aussieht! Direkt geschäftsschädigend. Ich bin einiges gewöhnt, aber die. – Nein, danke!«

Solche Überlegungen habe ich auch schon angestellt. Einer Detektei, deren Markenzeichen Diskretion und Unauffälligkeit ist, entspricht Tanjas Aussehen nicht unbedingt. Die linke Kopfseite ist kahl geschoren, über dem Ohr setzt ein tätowierter Panther zum Sprung an. Die rechte Gesichtshälfte wird halb von einer schwarzen Mähne verdeckt, verziert mit hellgrünen Strähnen. Es kommt vor, dass sie sich kleine Zöpfchen flicht, an deren Enden manchmal bunte Perlen baumeln, die bei jeder Bewegung klingeln. Hängt von ihrer jeweiligen Stimmung ab. Ihr Gesicht ist sehr stark weiß geschminkt. Ihre Augen dagegen kohlrabenschwarz. Ein breiter Lidstrich und lange künstliche Wimpern. Ihre Ohren sind gepierct, mehrfach, auch der linke Nasenflügel und die Brustwarzen. Im Sommer nicht zu übersehen, da Tanja zu ihrem kunstledernen Minirock hautenge T-Shirts, jedoch keinen BH trägt. Den Bauchnabel ziert ein Ring, den man in dieser Jahreszeit ebenfalls bewundern kann.

Ich bin zwar schmerzhaft zusammengezuckt, als Tanja sagte: »In der Klit hab ich auch einen«, aber mir gefällt die Unbekümmertheit, mit der sie sich zu ihrem Stil bekennt, obwohl er schon etwas aus der Mode gekommen ist. Bis heute bedauere ich es nicht, mich für sie als Mitarbeiterin entschieden zu haben.

Das mit der Entscheidung ist so allerdings nicht ganz richtig. Tanja hatte vor knapp einem Jahr vor meiner Tür gestanden und verkündet: »Ich heiße Tanja Schmied. Ich habe gehört, Sie haben einen Job für mich.« Und darin war nicht das geringste Fragezeichen zu entdecken gewesen.

Wahrscheinlich hatte ich deshalb zu meiner eigenen Verblüffung geantwortet: »Dann kommen Sie mal herein.« Obwohl ich bis zu diesem Moment nicht die geringste Absicht gehabt hatte, mir eine Mitarbeiterin zu suchen.

Das Gespräch hatte drei Stunden gedauert und Tanja war danach einfach dageblieben.

»Ich kenne Sie«, hatte diese seltsam aussehende junge Frau am Anfang festgestellt und gelächelt.

»Dann haben Sie mir etwas voraus. Ich kenne Sie nicht.«

»Ich hab von Ihnen ein Foto geschossen, vor dem Hotel damals, als die Tochter von so einem hohen

Tier von der Bank verhaftet wurde. Sie waren dabei, mit dem Kommissar.«

Ich erinnerte mich. Ungern. Das ist genau der Fall, der in mir dieses ungute Gefühl zurückließ, versagt zu haben. Und ich war in diesem Hotel Kommissar Schumann wiederbegegnet, den ich bei einem früheren Fall kennengelernt und mit dem ich vor längerer Zeit eine im wahrsten Sinne des Wortes merkwürdige Nacht verbracht hatte.

»Und wieso haben gerade Sie dieses Foto geschossen?«

»Praktikum bei der Zeitung. Der festangestellte Fotograf hatte die Grippe.«

»Und jetzt kommen Sie zu mir und meinen, ich könnte Ihre Mitarbeit gebrauchen? Warum?«

»Ich will wissen, wie Sie so arbeiten als Detektivin. Ich hab den Kommissar neulich mal interviewt, da haben wir auch über den Fall von damals geredet. Und über Sie. Der hat sich sehr positiv über Ihre Fähigkeiten ausgelassen.«

So, hatte er das. Was auch immer er damit gemeint hatte. Doch ich wollte nicht weiter auf dieses Thema eingehen.

Die Frage nach dem Warum hatte sich also geklärt. Obwohl es in der Folge sehr viele weitere Fragen gab und jeden Tag aufs Neue gibt. Sicher, Tanja spricht vier Sprachen, hat ein phänomenales Gedächtnis, ein unglaubliches Gespür für Situationen, charakterisiert in Sekundenschnelle jeden Menschen, der zum ersten Mal das Büro betritt, und meistens hat sie mit ihrer Einschätzung recht. Sie stellt sich mit traumwandlerischer Sicherheit auf ihr Gegenüber ein, verändert ihr Verhalten, ihre Gestik, ihre Mimik, ihre gesamte Persönlichkeit. Als Sekretärin ist sie allerdings eine Katastrophe. Organisation, Zeiteinteilung, Planung – dafür fehlt ihr jeglicher Sinn. Angaben auf meinen Dienstreiseplänen wie »Abends Treffen mit XY« sind für sie durchaus normal.

Auf die Frage »Wann ist abends?« reagiert sie verständnislos. Auch ihre Tippfähigkeiten haben ihre Grenzen. Kein Zehnfinger-Blindsystem, sondern ein zugegebenermaßen sehr schneller Anschlag mit Zeige- und Mittelfinger.

Seitdem ein Drehfehler beim Tippen der Hausnummer eines Klienten, keineswegs der erste seiner Art, mich in Köln stundenlang die Venloer Straße erst in die eine, dann in die andere Richtung irren ließ – schließlich ist diese Straße sieben Kilometer lang, – habe ich mir angewöhnt, meine Dienstreisepläne selbst zusammenzustellen. Bei den sonstigen Computerkenntnissen ist sie mir allerdings meilenweit voraus.

Der wesentliche Grund aber, warum ich mich nicht von Tanja trennen will, ist, ich brauche sie. Ich schaffe es zwar, Menschen dazu zu bringen, mir oft mehr zu erzählen, als sie beabsichtigen. Aber aus dem Gehörten das Unstimmige, Zweifelhafte, die Lüge – also das Wichtige, das Entscheidende –herauszufiltern, das gelingt mir nicht. Dafür brauche ich Tanja. Wahrscheinlich weil ich selbst nicht sehr darin begabt bin, mir irgendwelche Tricks oder Intrigen auszudenken.

Außerdem mag ich Tanja. Mir imponiert ihr Selbstverständnis, von kaum einem Selbstzweifel angekränkelt, wovon ich selbst weit entfernt bin. Ich mag ihre Lebendigkeit, ihre Neugier auf alles und jedes und den nie versiegenden Redestrom. Mit dem einen wesentlichen Thema: Männer. Sie lässt kein gutes Haar an ihnen, ist ihnen jedoch restlos verfallen. Ihre Beziehungsgeschichten in endlosen Fortsetzungen sind die spannendste Soap-Opera, die man sich vorstellen kann. Ich staune oft, mit welcher Offenheit sie mir die intimsten Dinge erzählt. Mir ist das unmöglich, war es schon immer. Selbst in den Teenagerjahren, in denen man im Gefühlsüberschwang badet und von Mitteilungsbedürfnis überschwemmt wird, habe ich von mir und meinen Gefühlen wenig preisgegeben. Ich frage mich oft, warum?

Ich habe keine Geschwister, hatte auch nie eine gute Freundin, die man landläufig »Busenfreundin« nennt. Meine Mutter mochte es nicht, wenn eine Schulkameradin mit nach Hause kam, und ließ sie sehr deutlich spüren, dass sie bei uns unerwünscht war. Wenn ich mich darüber beschwerte, hieß es nur: »Du hast doch mich als Freundin. Mit mir kannst du über alles reden. Wir zwei, mein Liebling, sind ein eingespieltes Team.«

Damals habe ich es nicht erkannt, heute weiß ich, meine Mutter war extrem eifersüchtig, hatte Angst, ihre Tochter an jemand anders zu verlieren. Selbst die Zuneigung zu meinem Vater betrachtete sie mit Argwohn.

»Wir Frauen!«, sagte sie gerne. Und: »Ein Mann versteht das sowieso nicht.«

Die Freundin von meiner Klassenkameradin Franziska wäre ich gerne gewesen, doch die war mit Anna befreundet, so eng, dass für eine Dritte kein Raum war. Das hatte ich sehr deutlich gespürt. Franziska war all das, was ich gerne sein wollte: offen, lebhaft, bei allen beliebt, selbstsicher, bestimmt. Außerdem sehr hübsch, mit großen rehbraunen Augen und einer hellblonden Mähne, die um ihr Gesicht einen strahlenden Lockenkranz bildete.

Franziskas wegen war ich in die Theatergruppe der Schule eingetreten und hatte mich gefreut, dass Anna sich nicht dafür interessierte. Wie stolz war ich gewesen, als Franziska mich während einer Probenszene erstaunt angesehen und gesagt hatte: »Du bist ja gut.«

Nicht zuletzt dieses Lob war schuld gewesen, dass ich den Entschluss gefasst hatte, wie Franziska nach dem Abitur auf eine Schauspielschule zu gehen. Aber das war dann ja leider nur von kurzer Dauer gewesen.

Wenn ich hin und wieder in der Zeitung von Franziskas Erfolgen lese – sie spielt an großen Häusern, hat vor zwei Monaten einen Filmpreis bekommen –, überfällt mich ein leiser Anflug von Reue, dass ich so schnell aufgegeben habe. Doch ich bin selbstkritisch genug, um zu wissen: Die Qualität von Franziska hätte ich nie erreicht.

Tanja holt tief Luft, um das nächste Kapitel ihrer aktuellen dramatischen Beziehungsgeschichte aufzuschlagen. Ich nutze die Chance und sage in die Atempause hinein: »Regensburg war o.k. Ich hab den Auftrag.«

»Na klasse. Um was geht es diesmal?«

»Anlagebetrug. Eventuell. Unsere Klientin hat sich von ihrem Enkel überreden lassen, für irgendwelche zu erwartenden hohen Renditen mit ihrem Haus, das man schon eher ein kleines Schloss nennen könnte, zu haften. Und nicht nur damit, sondern auch mit diversen Grundstücken, die ihr gehören. Jetzt hat sie Zweifel bekommen, ob das alles seriös ist. Die Rendite soll zwischen zehn und zwanzig Prozent betragen, und das kommt ihr etwas unrealistisch vor. Mir auch. Aber ich habe sowieso nicht verstanden, wie das Ganze funktionieren soll, obwohl Frau von Espen sich große Mühe gegeben hat, es mir zu erklären.«

»Bekannte Masche. Grundschuld-Tradinggeschäfte. Mit der Aussicht auf traumhafte Renditen ködern gerissene Anlagebetrüger potenzielle Opfer und schwatzen ihnen ihre Grundschuldbriefe ab. Die

Anleger müssen dem Vermittler den Grundschuldbrief im Original inklusive einer notariell beglaubigten Kopie, einen Grundbuchauszug und ein Wertgutachten einer in ihrem Besitz befindlichen Immobilie aushändigen. Mit diesen Unterlagen kann sich der Abzocker Geld bei der Bank leihen, um angeblich lukrative Investments einzugehen. Doch statt Supergewinnen droht der Ruin. – Willst 'n Kaffee?«

»Nein, danke.«

»Ist sowieso keiner mehr da. Wo war ich stehen geblieben?«

»Grundschuldbrief.«

»Ach ja. Die Zauberformel heißt: Grundschuldbrief-Trading in Verbindung mit selbst tilgenden Darlehen. Gleichsam als ›eierlegende Wollmilchsau‹ gepriesen, handelt es sich tatsächlich jedoch um reine Fantasiegebilde, mit der die vorgeblichen Finanzvermittler gutgläubige Investoren anlocken. – Ich sag es dir, der Nagellack taugt nichts. Schon wieder ein Fingernagel hin. Dabei war der unverschämt teuer. Wirklich unverschämt teuer. – Doch eins ist sicher: In jedem Fall haftet der Hausbesitzer mit seiner Immobilie für diese Kredite, die sich die Trader verschaffen. Es hat Fälle gegeben, in denen Hausbesitzer ihre schuldenfreie Immobilie noch einmal abzahlen mussten.«

»Das befürchtet die alte Lady auch. Sie begreift nicht, wie sie sich darauf hat einlassen können, hofft, dass sie sich irrt und alles mit rechten Dingen zugeht. Sie scheut sich, ihren Enkel zu verdächtigen, sie bewusst getäuscht zu haben, als er ihr diesen Kontakt vermittelt hat. Vielleicht sei er, gutgläubig wie er nun einmal ist, in etwas hineingeraten, was nicht ganz sauber ist. Sie will Gewissheit. Sie sagt, sie schämt sich, dass bei ihr offensichtlich im entscheidenden Moment der Verstand versagt hat. Aber dann hat sie gelächelt und gesagt: ›Sie kennen meinen Enkel nicht. Der könnte selbst dem Teufel ein Weihwasserkesselchen andrehen.‹«

»Jaja. Es ist immer wieder erstaunlich, wie dick das Brett ist, das die Geldgier den Menschen vor die Stirn nagelt. Darauf setzen diese Typen. Die sind äußerst erfindungsreich. Beliebt ist auch die Nigeria-Connection. Da wird Leuten eine ansehnliche Provision versprochen, wenn sie sich für Scheingeschäfte zur Verfügung stellen, angeblich um Exportsubventionen oder Devisenzuweisungen zu erschleichen beziehungsweise afrikanischen Geschäftsleuten behilflich zu sein, riesige Dollarbeträge außer Landes zu schaffen. Der Anteil, der dem Empfänger zufallen soll, bewegt sich in Millionenhöhe. Jeder vernunftbegabte Mensch würde begreifen, dass es hier nicht mit rechten Dingen zugeht. Aber der Gedanke ist einfach zu verführerisch, seine finanziellen Sorgen mit einem Schlag loszuwerden. Es soll sogar mal ein deutscher Stadtkämmerer versucht haben, mit der versprochenen Prämie die Stadtkasse aufzufüllen. Erst mal geht dann alles gut, erst kurz vor der angeblich endgültigen Abwicklung tauchen Probleme auf. Ein Beamter muss geschmiert, die Gebühr für ein Papier vom Geschäftspartner in Deutschland gezahlt werden, Steuern seien fällig geworden, Rechtsanwaltskosten entstanden, eine Kaution müsse hinterlegt werden. Das können durchaus einige tausend Dollar sein. Zahlt derjenige, scheint zunächst alles in Ordnung. Doch nach der Zahlung antwortet das nigerianische Unternehmen nicht mehr. Einige Opfer ließen sich auch mit einer größeren Summe in bar nach Nigeria oder in einen anderen afrikanischen Staat locken und wurden dort ausgeraubt.«

Und da wundert sich Paul, dass ich mir keine andere Sekretärin suche. Diese Sachkenntnis muss erst einmal jemand haben. »Auf jeden Fall muss ich morgen nach Berlin und dem Enkel ein bisschen auf den Zahn fühlen.«

»Haste anscheinend ein Abo drauf. Seitdem ich bei dir den Job mache, gibt's nur Fälle, in denen du missratenen Sprösslingen hinterherjagst.«

Stimmt. Darüber habe ich auch schon nachgedacht. Durch diese Fälle hat das Bedauern darüber, dass ich keine Kinder habe, stark abgenommen, und ich habe die Überlegung, ob ich trotz meiner 39 Jahre vielleicht noch ein Kind bekommen sollte, aus meinen Gedanken gestrichen.

»Soll ich für dich in Berlin ein Zimmer buchen?«

»Danke. Mach ich schon selber.

Tanjas letzter Versuch, diese Aufgabe für mich zu übernehmen, führte zu einer Nacht in der Jugendherberge Hamburg. Doppelzimmer mit schnarchender Schwäbin, Klo auf dem Flur, Schlange stehen beim Duschen. Meine zuverlässige Sekretärin hatte aus Versehen für Dezember ein Hotelzimmer reserviert gehabt statt für November. Es wäre sicher möglich gewesen, kurzfristig eine Alternative zu finden, wenn nicht wie alljährlich an diesem bestimmten Wochenende 3.500 Eisbeine darauf gewartet hätten, bei einem gemeinsamen Dinner von den Kunden der Hamburger Reeder verzehrt zu werden. Das hatte die Bettenkapazität der Hansestadt völlig erschöpft. Ein ähnliches Erlebnis wollte ich in Berlin lieber nicht riskieren.

Berlin. Seit dieser besonderen Nacht in einer Küche in Neukölln bin ich nicht mehr in dieser Stadt gewesen. Ich weigere mich zuzugeben, dass ich Angst habe, dorthin zu fahren, habe mir aber ein Hotel möglichst weit weg von diesem Stadtteil gesucht. Ich möchte nicht zufällig Susanne Kremer über den Weg laufen, mit der ich vor langer Zeit zusammen auf der Schauspielschule war und bei der ich damals gewohnt habe, als mich mein erster Fall nach Berlin führte. Ein Fall, den ich am liebsten endlich vergessen möchte.

3.

Doch kaum im Hotel in Berlin angekommen, greife ich zum Telefon und rufe Susanne an, um mich mit ihr zu verabreden, obwohl ich befürchten muss, dass sie genau das Thema ansprechen wird, das ich unbedingt vermeiden will. Warum also doch? Weil ich am liebsten umgehend das nächste Flugzeug zurück nehmen würde. Weil ich feststellen muss, dass die Begegnung mit dieser Stadt mich mehr verstört, als ich erwartet hatte. Weil der stechende Schmerz in der Herzgegend nichts an seiner Heftigkeit eingebüßt hat. Weil es mir unmöglich ist, den Abend allein in meinem Hotelzimmer zu verbringen. Weil ich unbedingt mit jemanden reden will. Und ich kenne sonst niemanden in dieser Stadt. Nur Susanne.

Schon der Flug war unangenehm, nicht weil er ziemlich wackelig war. Es gab zwar Turbulenzen, aber das stört mich nicht besonders. Ich habe keine Flugangst. Ich fliege ausgesprochen gerne. Mir ging diese Melodie nicht aus dem Kopf, die von Dr. Arnolds Anrufbeantworter. Ich habe mich sogar einmal umgedreht und mir die Passagiere in der Reihe hinter mir angeschaut, weil ich dachte, jemand pfeift dieses Liedchen. Aber da saß nur ein junger Mann am Fenster und schlief und neben ihm war eine ältere Frau mit weißen Haaren, die ihre Augen ebenfalls geschlossen hatte. Ich sollte aufpassen, dass ich nicht hysterisch werde.

Also bin ich eine Stunde später im Deep Blue, in dieser Kneipe, an deren Theke ich schon einmal gesessen habe. Es hat sich nichts Wesentliches verändert. Das Metall der Hightech-Möbel sieht etwas stumpfer aus, die meerblau lackierten Wände zeigen eindeutige Spuren der Zeit, aber das Neonlicht vermittelt nach wie vor einen ziemlich schonungslosen Blick auf die Menschheit: Wasserleichen allesamt. Doch anscheinend ist das Lokal nach wie vor in. Die gleiche Art von Publikum wie vor Jahren. Viele junge Leute. Kaum einer ist über 30. Ich fühle mich fehl am Platze und bin sehr froh, als Susanne mit Schwung die Tür aufreißt und mich an ihre üppige, weiche Brust drückt.

»Mensch, Sabine, ich fass es nicht. Nach all der Zeit. Das müssen wir feiern. Sven, zweimal dein Spezialgetränk.«

Der Barkeeper ist noch derselbe wie damals. Ein schlanker, weißblonder junger Mann, mit großer Nase und markantem Kinn, der vorgibt Däne zu sein, weil der Akzent bei den Frauen gut ankomme. Das weiß ich von Susanne. Und auch an deren ständigem Redefluss hat sich nichts geändert.

Es ist ein so beruhigendes Geräusch, dass ich mir

gar nicht mehr vorstellen kann, warum ich mich dem nicht hatte aussetzen wollen.

»Und du hast immer noch deinen Detektivjob? Wie läuft der denn?«

»Bestens.«

»Ist ja prima. Also hat es danach besser geklappt. Na ja, aller Anfang ist schwer, wie es so schön heißt. Wenn ich dran denke, wie wir durch die Berliner Kneipen gezogen sind, um diesen Typen zu finden, und derweil amüsiert der sich auf Hawaii. Und säuft dort einfach ab. Pech für ihn. Ziemlich stümperhaft, wie wir uns damals angestellt haben. Musst du zugeben. Hat dieser Minister dir deswegen eigentlich Schwierigkeiten gemacht?«

Wieso hätte er das tun sollen?, könnte ich antworten, ich habe den Auftrag schließlich zu seiner vollen Zufriedenheit ausgeführt. Ich habe, wie ich sollte, seinen Sohn gefunden. Richtiger wäre: Sein Sohn hat mich gefunden, denn ich habe ihn nicht erkannt. Ich habe eine Nacht und einen Tag mit ihm verbracht und erst bemerkt, wer er war, als er verschwand. Und mich damit in eine Verzweiflung stürzte, von der ich vorher nicht geglaubt hatte, dass es sie gibt. Die Gewissheit, dass ich ihn nie wiedersehen und so etwas nie mehr erleben würde, war kaum zu ertragen. Doch das habe ich dem Minister nicht gesagt, und es hatte ihn auch weiter nicht interessiert. Ihn interessierten nur die geheimen Unterlagen, deren Inhalt keinesfalls an die Öffentlichkeit dringen sollte. Was sein Sohn offensichtlich anders gesehen hatte. Ich habe sie seinem Vater zurückgebracht, und es wurden keine weiteren Fragen gestellt.

Und auch ich versuche die Frage zu vergessen, die mich seit damals beschäftigt: Wie kann ein Mensch, mit dem ich grade noch in Berlin nach einer unvergleichlichen Nacht am Frühstückstisch gesessen habe, wenige Stunden später vor Hawaii ertrinken? Ich könnte so viele Fragen stellen, was diesen Fall betrifft, aber ich weigere mich, das zu tun. Weil ich es nicht will. Falsch – weil ich es nicht kann. Immer noch nicht kann. Es schnürt mir die Kehle zu.

Susanne scheint davon nichts zu merken. »Und dass du wieder mit Paul zusammen bist. Irre!«

»Stimmt.«

»Und? Wie läuft es denn mit euch?«

»Gut.«

»Hat er sich denn geändert, unser Paul? Ist er dir treu?«

»Er sagt ja.«

»Glaubst du an Wunder?«

»Manchmal.«

Jetzt befinde ich mich wieder auf vertrautem Gelände. Kann wieder atmen. Mit Susanne über Paul zu reden, ist fast, als säße er in diesem Moment neben mir. Wonach ich mit einem Mal eine intensive Sehnsucht habe. Weil ich trotz des vertrauten Redeflusses von Susanne das unangenehme Gefühl habe, beobachtet zu werden.

»He, Sabine, du hörst mir ja gar nicht zu. Wen oder was gibt es denn da zu sehen?«

Susanne hat recht. Ich habe ihr nicht zugehört, sondern im Spiegel über der Theke die Menschen hinter mir betrachtet.

Ein großer Tisch mit acht Leuten. Vier Pärchen, eins davon weiblich, das sich die ganze Zeit leidenschaftlich küsst. Daneben sitzt eine junge Frau, die um ihren Kopf kunstvoll einen grünen Seidenschal geschlungen hat. Dazu trägt sie ein langes goldschimmerndes Ohrgehänge. Sie gehört offensichtlich zu dem Mann ihr gegenüber, so, wie sie ihn anschaut. Sie ist atemberaubend schön. Wenn man die Frauenporträts von Modigliani atemberaubend schön findet. Wie auf seinen Bildern hat sie einen langen, gebogenen, schlanken Hals, eine gerade Nase, einen kleinen, klar konturierten Mund, fast lidlose, mandelförmige Augen, einen verhangenen Gesichtsausdruck. Jetzt schauen mich diese merkwürdigen Augen im Spiegel direkt an. Nur einen Augenblick lang, und plötzlich habe ich das Gefühl, dieses Mädchen schon einmal gesehen zu haben. Eine verschwommene Erinnerung. Nichts Konkretes.

»He, Sabine, ich rede mit dir.«

»Entschuldige. Ich habe grade gedacht, hinter uns sitzt jemand, den ich kenne.«

Susanne dreht sich um.

»Wer denn?«

»Die junge Frau mit dem grünen Turban. Weißt du vielleicht, wer sie ist?«

»Nein, keine Ahnung, aber die hab ich hier schon öfter gesehen. Ich weiß nur, dass der ihr gegenüber ihr Freund ist. Der links von ihm ist auch immer dabei, hält gerne große Reden. Kommt sich wohl wichtig vor. Und die Lesben gehören ebenfalls zu der Clique. Knutschen jedes Mal pausenlos rum. Als müssten sie was beweisen. Die andern drei hab ich noch nicht gesehen und geredet hab ich bisher mit keinem von denen. Bin ja auch nicht mehr so oft wie früher hier. Ist das denn wichtig?«

»Nein, nein. War nur ein Gedanke.«

Ein Gedanke, der mich allerdings nicht loslassen wird. Das weiß ich. Ich muss nur abwarten, versuchen, es zu vergessen, dann wird die Szene aus meiner Erinnerung wieder auftauchen.

Es ist 2 Uhr, als wir die Kneipe verlassen. Susanne hat sich gewundert, dass ich immer wieder Svens Spezialmischung nachbestellt habe. Dabei schmeckt mir das Zeug überhaupt nicht. Ist viel zu süß und scheußlich grün. Keine Ahnung, was er da zusammenmixt. Aber ich will den Moment hinauszögern, in dem ich allein vor der Tür meines Hotelzimmers stehe und auf die verschnörkelten Ziffern 312 schaue.

Im Taxi startet Susanne einen letzten Überredungsversuch: »Wieso willst du unbedingt ins Hotel? Bei mir wäre es doch viel schöner. Wir könnten noch ein Glas trinken, ein bisschen quatschen und morgen genüsslich zusammen frühstücken. Wie in alten Zeiten.«

Nichts lieber als das. Trotzdem bleibe ich bei meinem Nein, obwohl ich mich wenig später, als ich meine Zimmertür aufschließe, frage, wieso.

Aber ich weiß ja, wieso. Weil es Susannes Küche war, in der mir ein Stück meiner Seele abhandenkam. Abgestorben, besser abgebrochen. Manchmal habe ich eine ganz konkrete bildliche Vorstellung von der Scherbe meiner Seele. Stückwerk. Und diese Scherbe habe ich in Holzwolle gepackt und in einer Kiste fest verschlossen.

Ich hatte gehofft, die Neutralität eines Hotelzimmers würde mich vor der Erinnerung bewahren, der ich mich nie hatte stellen wollen. Doch jetzt ist alles wieder da. Die Nacht, in der ich mit diesem Mann, den ich gerade erst kennengelernt hatte, Hand in Hand durch Berlin lief. Wir rannten durch die Straßen, blieben abrupt stehen, schauten uns an und brachen in lautes Gelächter aus. Es gab keine andere Ausdrucksmöglichkeit für unsere Gefühle. Hirn, Kopf, Bauch waren randvoll gefüllt mit der Erkenntnis, dass uns für das, was mit uns geschah, keine Worte zur Verfügung standen. Dieses Gefühl, dass es nur uns beide auf dieser Welt gab, sich dennoch gleichzeitig die Welt weitete und uns umfing. Dieses vorher nie gekannte Glücksgefühl, das mir den Atem nahm. Es war kein Rausch, der alles vernebelte und mich halb bewusstlos mitriss. Es war eine helle Klarheit, ein Wissen um mich und um ihn. Etwas zu erleben, von dem man vielleicht zu träumen gewagt hat, es aber nie für möglich gehalten hätte. Seine Zärtlichkeit, als wir miteinander schliefen. Die Art, wie er mein Gesicht zwischen seine Handflächen nahm, wie er mich ertastete, behutsam und doch bestimmt. Er hatte durch meinen Körper unmittelbar meine Seele berührt.

So hatte ich es empfunden. Ich hatte mich ihm völlig ausgeliefert, schutzlos, mich ihm geöffnet. Und hatte es als wahrhaftig erlebt. Bei ihm das gleiche Staunen gespürt.

Und dann die Erkenntnis, dass dieses unsagbare Wunder einer jähen großen Liebe nur ein lächerlicher Schwindel gewesen war. Das Schlimmste daran: Ich war darauf reingefallen. Wie überzeugend hatte er mir seine Gefühle vorgespielt. Ich hatte ihm geglaubt. Wie musste er sich innerlich amüsiert haben. Als ich das begriff, habe ich mich zutiefst gedemütigt gefühlt. War voller Scham. Und ich schäme mich bis heute.

Wie konnte ich nach diesem Erlebnis, bei dem mein Instinkt, meine Sensoren für authentisches menschliches Verhalten vollkommen versagt hatten, je wieder Vertrauen aufbauen? Woher hatte ich damals bloß den Mut genommen, weiterzumachen? Woher die Kraft, mich davon nicht besiegen zu lassen? Es war ein schwieriger Prozess gewesen – ich stecke immer noch mittendrin. Das Gebäude ist nach wie vor sehr wackelig.

Ich liege im Bett und starre an die Zimmerdecke, an der die Scheinwerfer der vorbeifahrenden Autos ineinander laufende, sich überschneidende Muster bilden. Es ist sehr hell im Zimmer. Ich könnte die Vorhänge zuziehen, aber ich tue es nicht. Ich liege und starre an die Decke. Ich weine nicht, damals nicht und jetzt auch nicht.

Ich höre den Fahrstuhl. Er hält. Die Tür öffnet sich und schließt. Schritte kommen über den Flur, stocken vor meinem Zimmer. Stille. Atmen. Nah, dicht an der Tür. Ein leises Kichern, dann ein Summen, diese Melodie: »Warte, warte nur ein Weilchen …« Oder bilde ich mir das nur ein? Nach unendlich langer Zeit sind die Schritte wieder zu hören, entfernen sich. Eine Tür wird auf- und zugeschlossen. Endlich ist Stille, bis auf mein lautes Herzklopfen. Die Muster an der Zimmerdecke werden weniger. Das Brummen der Autos von der Straße leiser. Ich warte darauf, dass es hell wird. An Schlaf ist nicht mehr zu denken.

Von wegen. Es ist 9 Uhr, als ich das erste Mal auf den Radiowecker neben meinem Bett schaue. Durch das

Fenster dringen ein paar blässliche Sonnenstrahlen. Ich habe es geschafft, bin eingeschlafen. Das muss belohnt werden.

Mein Frühstück lasse ich mir aufs Zimmer bringen, ein üppiges Frühstück. Rührei, Schinken, Käse, Marmelade, Obst. Ein Piccolo ist auch dabei. Ich stelle das Tablett auf den Hocker neben die Badewanne. Paul kann dem nichts abgewinnen. Er braucht einen schön gedeckten Tisch am Morgen. Dagegen ist ja nichts zu sagen, aber was kann es Schöneres geben, als in warmem, nach allen Düften des Orients riechendem Wasser zu liegen und zu frühstücken?

Immer wenn ich unterwegs bin, genieße ich dieses morgendliche Ritual. Und jedes Mal erfasst mich ein kindlicher Stolz darüber, dass ich mir mittlerweile diesen Luxus leisten kann.

Mein Hochgefühl wird kurz gestört, als ich nach dem Bad ins Zimmer zurückkehre und meine Kleider ordentlich auf Bügel gehängt im Schrank vorfinde, meine Wäsche sorgfältig in die kleine Kommode eingeräumt. Ich hätte schwören können, dass ich gestern bei meiner Ankunft die Reisetasche nur im Zimmer abgestellt, telefoniert habe und gleich runtergegangen bin, um mich mit Susanne zu treffen. Und als ich in der Nacht ins Hotel kam, habe ich meine Sachen bestimmt nicht ausgepackt. Oder vielleicht doch? Ich weiß bloß noch, dass ich das Nachthemd angezogen habe, das ausgebreitet auf meinem Bett gelegen hatte.

Aber nach den vielen Drinks ist mein Erinnerungsvermögen getrübt.

Zum Mittagessen bin ich mit dem Enkel von Frau von Espen verabredet. Das Treffen hat die Großmutter arrangiert, mich vorsichtshalber mit dem Namen Jutta Riemann angekündigt.

»Die jungen Leute schlagen ja heutzutage alles und jeden im Internet nach. Ich will auf gar keinen Fall, dass mein Enkel herausfindet, dass ich ihm eine Detektivin auf den Hals gehetzt habe.«

Angeblich bin ich die Enkelin einer alten Schulfreundin, die durch den Tod der Mutter plötzlich zu einem kleinen Vermögen gekommen ist und daraus gerne ein größeres machen möchte. Da sich Reiner von Espen bei lukrativen Transaktionen ja sehr gut auskenne und die entsprechenden Beziehungen habe, könne er mir sicher behilflich sein.

Meiner Meinung nach ein etwas fadenscheiniges Argument, um deswegen extra nach Berlin zu fahren. Doch er hatte sofort zugestimmt, ohne vorher nach näheren Details zu fragen. Sprach nicht unbedingt für seine Seriosität. Kann sein, ich sehe das falsch. Bisher habe ich keinerlei Erfahrung mit dieser Art Geschäft und den daran Beteiligten gemacht.

Er lässt mich warten. Eine Viertelstunde mag ja angehen, aber 30 Minuten? Wie viel Zeit will ich ihm noch geben?

»Jutta Riemann?« Der Mann, der neben meinem Tisch steht, streckt mir die Hand entgegen. »Guten Tag. Ich bin Stefan Mehnert.«

Ich kenne ihn nicht, sehe also keinen Grund, auf seine ausgestreckte Hand zu reagieren, ihn irgendwie zu ermuntern, Platz zu nehmen. Er setzt sich trotzdem. Der Name sagt mir auch nichts, wovon er allerdings auszugehen scheint. Er ist etwa 40 Jahre alt, trägt Hemd und Krawatte zu einem eleganten grauen Anzug, was ihn allerdings eher verkleidet aussehen lässt. Vielleicht liegt das an seinem jungenhaften Gesicht und der offensichtlich nur mühsam mit Gel gebändigten Haarflut.

Sein Vertreterlächeln, das er zur Begrüßung aufgesetzt hat, macht einer tief bekümmerten Miene Platz. »Wie schrecklich. Mein Gott, wie schrecklich.«

»Entschuldigung? Bitte?«

»Wie? Ach, natürlich. Verzeihung. Wie dumm von mir.« Er springt auf, verbeugt sich und streckt mir erneut seine Hand entgegen. Diesmal nehme ich sie an.

»Ich bin, wie gesagt, Stefan Mehnert. Ein Freund und Geschäftspartner von Reiner von Espen. Sie waren ja mit ihm verabredet.«

»Ja. Es tut mir leid, ich verstehe immer noch nicht.«

»Reiner lässt sich entschuldigen. Er sieht sich außerstande, die Verabredung mit Ihnen einzuhalten. Es ist etwas Schreckliches passiert. Seine Freundin hat sich heute Nacht umgebracht.«

»Wie? Das ist ja furchtbar.«

»Ja. Allerdings. Gestern Abend waren wir noch alle zusammen. Reiner hatte uns eingeladen. Er hatte einen neuen Kunden an Land gezogen, und das mussten wir feiern.«

Meinte er damit vielleicht mich?

»Wir waren alle supergut drauf. Nichts, aber auch gar nichts deutete darauf hin, dass sie sich kurze Zeit später aufhängen würde. Wer denkt denn an so was.«

»Sie hat sich aufgehängt?«

»Ja. In ihrer Wohnung.«

»Wie grauenvoll.«

Es gab in meinem Leben einmal einen Moment, an dem ich über Selbstmord nachgedacht hatte und auch darüber, welche Methode ich dafür auswählen würde. Erhängen war völlig außerhalb aller Möglichkeiten gewesen. Es ist so brutal und keiner kann vorhersagen, wie lange der Todeskampf dauern wird. Wie verzweifelt muss ein Mensch sein, um sich dafür zu entscheiden?

»Reiner ist natürlich völlig geschockt. Er hat sie gefunden. Heute Morgen. Und jetzt quält er sich mit Vorwürfen, warum er heute Nacht nicht bei ihr geblieben ist, obwohl er das ursprünglich vorgehabt hatte. Aber sie hatten sich gestritten.«

Das bekümmerte Gesicht mir gegenüber wechselt zurück zu dem Vertreterlächeln, mit dem sich Stefan Mehnert vorgestellt hatte. »So entsetzlich das alles auch ist, wir können es nicht ändern. Und schließlich sind Sie ja aus einem ganz anderen Grund nach Berlin gekommen. Reiner, seine Freundin und ich wir haben uns überlegt …«

»Entschuldigen Sie, sprechen Sie von der toten jungen Frau?«

»Ja. Sie gehört – gehörte – zu meinem Team, wenn auch mehr nebenberuflich. Sie studierte ja noch. Wie Reiner.« Er seufzt. »Nicht nur er hat einen großen Verlust erlitten. Mir wird sie ebenfalls sehr fehlen. Sie war eine begabte Akquisiteurin. Ich habe ihr einige neue Kunden zu verdanken. Ich bin in dieser Beziehung nicht sonderlich begabt.«

Er schaut mich an wie ein Schuljunge, der auf eine Belobigung wartet. Was wollte er von mir hören?

»Und wie lange sind Sie schon in dieser Sparte tätig?«

Er besinnt sich auf sein Vertreterlächeln.

»Ich beackere dieses Feld jetzt seit vier Jahren und finde es nach wie vor faszinierend. Man braucht einen schnellen Verstand, Kreativität und selbstverständlich vor allem eine gute Spürnase.«

»Und Sie sind in der glücklichen Lage, darüber zu verfügen?«

An seinem vermeintlich bescheidenen Blick muss er noch arbeiten.

»Ohne mich allzu sehr loben zu wollen, der Erfolg spricht dafür. Nun, auf jeden Fall haben wir gestern Nachmittag zu dritt ausführlich darüber gesprochen, was wir Ihnen anbieten können. Was für Sie das Richtige wäre. Wie mir Reiner aufgrund Ihres Telefongespräches sagte, geht es Ihnen vor allem um Sicherheit. Aber natürlich erhoffen Sie sich auch eine gute Rendite. Wer würde das nicht.« Er stößt ein Lachen aus, das dem Gemecker einer Ziege gleicht. »Und ich denke, wir haben da das Entsprechende für Sie.«

Und schon prasselt eine Redeflut auf mich nieder, der ich überhaupt nicht folgen kann. Wortkaskaden von Prime Bank Guarantees, Top Bank und Prime World Bank. Unverständliche Begriffe wie Divisible, Assignable und Transferable Letter of Credit, teilbares, abtretbares und übertragbares Akkreditiv. Good, clean und non-criminal origin, ready, willing und able. Ich verstehe nicht das Geringste.

Stefan Mehnert verstummt und sieht mich erwartungsvoll an. Wie soll ich reagieren? Was kann ich ihm aus meinem schauspielerischen Repertoire anbieten? Die Naive? Die Ratlose? »Das klingt für mich alles sehr verwirrend.« Ist das unverbindlich-verbindlich genug?

»Das ist nur zu verständlich, Frau Riemann. Es ist ja, vor allem für einen Laien, eine sehr komplexe Materie. Deshalb habe ich Ihnen etwas mitgebracht. Darin ist alles genauestens spezifiziert. Sie können sich das in aller Ruhe ansehen.«

Er schiebt eine aufwendig gestaltete Broschüre über den Tisch. Auf der Titelseite windet sich ein

500-Euro-Schein in Regenbogenfarben in einen strahlend blauen Himmel. Höchst eindrucksvoll. Angeheftet ist eine hellgraue Visitenkarte mit silbernem Rand. Wirklich edel.

»Lesen Sie sich das in Ruhe durch und rufen Sie mich an, damit wir einen neuen Termin vereinbaren und das weitere Prozedere besprechen können. Sicher werden Sie einige Fragen haben, die ich Ihnen gerne umfassend beantworten werde. Heute ist Donnerstag. Morgen habe ich absolut keinen Termin mehr frei – am Wochenende bin ich unterwegs. Sagen wir, Dienstag – besser noch Mittwoch – könnten wir uns erneut treffen und alles besprechen. Wenn es Ihnen recht ist, gleicher Ort, gleiche Zeit.«

»Gut. Ich rufe Sie an.«

Stefan Mehnert schaut auf seine Uhr. »Jetzt muss ich leider los. Mich um Reiner kümmern.« Er steht auf. Diesmal strecke ich ihm meine Hand entgegen, die er zwischen seine beiden Hände nimmt. Er schaut mich – ich möchte sagen – beschwörend an.

»Ich bin sicher, wir sehen uns wieder. Das Projekt wird Sie überzeugen.«

Das glaube ich eher nicht. Ich sehe ihm nach, wie er das Lokal verlässt. Er winkt dem Kellner jovial zu. Sicher hält er das für eine weltmännische Geste. Ich blättere lustlos in der Broschüre. Auch geschrieben werden die Worte nicht verständlicher. Mittwoch. Bis dahin kann und will ich nicht in Berlin bleiben. Ein

Wochenende mit Paul ist sehr viel verlockender als eins mit Susanne. Außerdem hätte ich in Frankfurt die Gelegenheit, Tanja das ganze Konglomerat zur Prüfung vorzulegen, bevor ich mich wieder mit Frau von Espen in Verbindung setze, um mir Direktiven für die weitere Vorgehensweise zu holen.

Als ich wenig später auf dem U-Bahnhof stehe und auf die Bahn warte, um zum Hotel zu fahren, überfällt mich eine merkwürdige Trauer. Ich denke an die tote junge Frau, die sich auf so brutale Weise das Leben genommen hat. Ihren Namen hätte ich gerne gewusst, aber der war nicht gefallen.

Ich spüre den Luftzug, der der Ankunft der Bahn vorangeht, und trete einen Schritt näher an die Bahnsteigkante.

Ich sehe den Führerwagen, wie er aus dem Tunnel herauskommt, doch kurz bevor die Bahn auf meiner Höhe ist, trifft mich ein kurzer kräftiger Stoß in den Rücken. Ich torkele auf die Gleise zu. Jemand schreit. Bin ich das?

Da werde ich kraftvoll zurückgerissen. Verwirrt schaue ich auf die fremde Hand in rotem Lederhandschuh an meinem Oberarm. Der Druck der Finger ist sehr fest. Es tut weh. Eine elegant gekleidete Dame in langem, hellem Mantel steht vor mir.

»Mein Gott«, stammelt sie »das hätte schiefgehen können. Was ist denn passiert? Sind Sie gestolpert?«

Ich nicke in das sorgfältig geschminkte schmale

Gesicht mit den blassblauen Augen hinter einer randlosen Brille. Die Dame lockert den erstaunlich festen Griff, nimmt die Hand von meinem Arm und lächelt.

»Sie dürfen sich gerne bei mir bedanken!«

»Danke. Vielen Dank.«

»Gern geschehen. Passen Sie das nächste Mal ein bisschen besser auf.«

Ich stammele: »Werde ich«, während ich hinter ihr in den Wagen einsteige. Was hat sie gesagt? Gestolpert? Ich fühle noch immer die Hand in meinem Rücken, die mir einen Stoß versetzt hat, genauso deutlich wie die Druckstellen an meinem Oberarm.

Zitternd lasse ich mich auf einen Sitz fallen, um gleich darauf wieder hochzuschrecken. Pfeift hinter mir nicht jemand: »… mit dem kleinen Hackebeilchen …«?

Ich schaue in erstaunte Gesichter, als ich aufspringe und mich umsehe, und keines hat die Lippen zum Pfeifen gespitzt. Die Dame, die mir geholfen hat, sitzt hinter mir, mustert mich. »Kann ich etwas für Sie tun?«

»Wie? – Nein danke. Es geht schon.«

»Ist wirklich alles in Ordnung?«

»Jaja. Danke.«

Nichts ist in Ordnung. Nicht diese Angst, die mich seit dem nächtlichen Erlebnis auf der Schnellstraße nicht mehr verlässt. Nicht der Schrecken, als ich auf das Gleis zu torkelte. Nicht die fühlbare Erinnerung an die Hand in meinem Rücken, die mich gestoßen hat.

Oder bin ich doch gestolpert? War es nichts weiter als das übliche Gedränge der Menschen, wenn die U-Bahn einfährt? War alles eine Ausgeburt meiner üppigen Fantasie? Ich war schon immer groß darin, mir Schauergeschichten auszudenken.

Woran erkennt man eigentlich, dass man unter einer Paranoia leidet? Gibt es irgendwelche eindeutigen Symptome? Vielleicht sollte ich mal mit einem Arzt darüber sprechen.

Die U-Bahn hält. Ich spüre eine Hand auf meiner Schulter und schaue auf in dieses gepflegte Gesicht, dessen Alter ich schwer schätzen kann.

»Keine Sorge. Es wird alles gut.«

Was meint sie damit? Die Hand greift noch einmal fest zu, dann steigt die Dame aus. Auf dem Bahnsteig bleibt sie stehen und dreht sich um. Die Tür schließt sich und durch die Scheibe schaut sie mich an. Jetzt lächelt sie nicht. Der Zug fährt los.

Ich will so schnell wie möglich nach Hause, will mir von Paul meine Ängste ausreden lassen, nur zu gerne seiner Versicherung glauben, dass das alles nichts zu bedeuten hat.

Am besten, ich hole meine Sachen und fahre dann gleich zum Flughafen und sehe zu, ob ich heute Abend noch eine Maschine nach Frankfurt bekomme. Ganz egal, was es kostet. Bei dem Gedanken, dass ich in dieser Nacht Pauls warmen, ruhigen Atem hören werde, beruhigt sich mein Inneres ein wenig.

Im Hotel halte ich mich nicht lange auf. Meine Tasche steht schon fertig gepackt neben meinem Bett. Ich checke rasch aus und reserviere das Zimmer wieder für Dienstagabend.

Erst im Taxi zum Flughafen taucht die irritierende Frage auf, wann ich meine Sachen zusammengeräumt hatte. Heute Morgen wusste ich doch noch gar nicht, dass ich am Abend abreisen werde. Hatte ich das geistesabwesend gemacht? Aus dem starken Bedürfnis heraus, hier so schnell wie möglich wegzukommen, weil ich nicht riskieren wollte, diese Schritte vor meiner Zimmertür noch mal zu hören? Und diese Melodie, die ich nicht mehr aus meinem Kopf bekomme und die ich schon seit meiner Kindheit kenne.

Damals hatte sie nichts Unheimliches an sich gehabt. Meine Tante hatte mir das Lied von dem Serienmörder Haarmann als Schlaflied vorgesungen, wenn ich bei ihr übernachtet hatte. Bei der Stelle »macht er Hackefleisch aus dir« hatte sie mich kräftig durchgekitzelt. Ich erinnere mich noch gut an unser gemeinsames lautes Gelächter. Als ich meiner Mutter davon erzählte, gab es danach keine Übernachtungen bei der Tante mehr.

Am Flughafen angekommen macht man mir wenig Hoffnung. Alles ausgebucht. Aber man ist bereit, mich für die letzte Maschine auf die Warteliste zu setzen. Also warte ich. Am Ende der Bank mir gegenüber sitzt eine Frau, die konzentriert in einer Zeitung liest. Wie sie den Kopf hält und sich ab und zu eine Haarsträhne aus der Stirn streicht, ist mir seltsam vertraut. Ist das Anna? Anna, die in der Klasse jahrelang vor mir saß, Franziskas beste Freundin?

Sie ist Journalistin geworden, war damals, als ich sie vor Jahren wiedertraf, auf dem Weg nach Amerika, um eine Stelle als Auslandskorrespondentin anzutreten. Damals, als ich mit meinem ersten Fall beschäftigt war, der mit einer Nacht in einer Berliner Küche endete.

Da schaut die Frau auf, sieht mich an und ein erstauntes Lächeln erhellt ihr Gesicht. »Sabine?«

Sie steht auf und kommt auf mich zu. Ich will das nicht. Gleich wird sie fragen, wie es mir geht, fragen, wie der Fall damals geendet hat. Bitte nicht. Ich will ihr gar nicht erst eine Gelegenheit dazu geben. Selber fragen.

»Hallo, Anna. Das nenn ich eine Überraschung. Wie schön. Wie geht es dir? Was machst du hier? Wo willst du denn hin? Was für ein Zufall. Ich denke, du bist in Amerika?«

»Bin ich auch. Ich war ein paar Tage in München, musste was erledigen.«

»Bist du immer noch bei deiner Zeitung?« Falsch, die Frage von mir war ganz falsch. In Annas Zeitung war doch dieser Artikel erschienen, mit dem mein erster Fall zusammenhing. Ich hatte Anna damals zu

Beginn meiner Nachforschungen in der Redaktion in München besucht, mich wichtiggemacht und ihr alles detailliert erzählt. Sie wird sich erinnern, will vielleicht darüber reden. Nein, nur das nicht. Nicht darüber reden.

»Ich habe bei meiner Zeitung gekündigt. Ich bin nicht mehr Auslandskorrespondentin in Washington. Seit Kurzem lebe ich in New York. Versuche dort Fuß zu fassen. Ich will es als Freiberufliche wagen. Ich hoffe, dass es klappt.«

»New York. Ist ja toll. Da wünsch ich dir Glück. Und wie lebt es sich da? Deine Kinder sind doch auch mit drüben. Leben die mit dir in New York? Muss toll sein für sie. In dieser Stadt zu leben. Wirklich toll.« Ich höre mich schon an wie Tanja.

»Den Kindern geht es gut.«

»Wie nett.« Was rede ich bloß für einen Blödsinn. »Und wie geht's Fritz? Dein Partner heißt doch Fritz?«

»Ja. Aber wir haben uns getrennt. Er ist zurück nach Deutschland. Er kam in den USA nicht zurecht, wollte zurück in seinen alten Job. Zurzeit bin ich ›unbemannt‹. Und wie geht es dir?«

»Danke. Gut.«

»Du hast dich verändert. Ich hätte dich fast nicht erkannt. Du siehst gut aus. Entschuldige, ich meine nicht, dass du …«

»Schon gut, Anna. Mein neu erwachtes Modebewusstsein verdanke ich meiner Sekretärin.« Eines

Tages hatte Tanja zu mir gesagt: »Weißt du eigentlich, dass du schön bist? Fällt bloß nicht auf. Ein bisschen Farbe ins Gesicht, 'nen anderen Haarton – ich könnte wetten …! Und natürlich brauchst du andere Klamotten.«

Dann war Tanja mit mir losgezogen. Ich war mehr als skeptisch, aber am Abend dieses Tages hatte ich mich selbst kaum wiedererkannt.

»Hast du immer noch deine Detektei?«, holt mich Anna in die Realität zurück.

»Ja.«

»Läuft sie gut?«

»Doch. Positiv ausgedrückt: Ich bin erfolgreich.« Ich müsste ergänzen: weil ich Tanja als Mitarbeiterin habe, weil der Zufall mir oft geholfen hat, weil sich die Lösung meiner Fälle irgendwie ereignet hat. Aber ich schweige. In den Anfangsjahren meiner Tätigkeit war der Drang sehr groß gewesen, wenn ich mein Honorar erhielt, zu sagen: »O nein, bitte, behalten Sie das Geld. Ich habe es nicht verdient.«

»Wie schön für dich. Dieser Fall damals in Berlin, die Sache mit Robert Börgel …«

Ich höre nicht, wie der Satz weitergeht. Wie bei einer Kamera, die herauszoomt, rückt Anna weit von mir weg. Ich sehe, wie sich ihr Mund bewegt, aber ihre Stimme ist nur ein fernes Rauschen. Ich will etwas sagen, doch ich kann nicht. Ein schmerzhafter Druck presst meinen Brustkorb zusammen.

»Sabine. Was ist los?«

Ich versuche zu lächeln. »Wieso?«

»Du wurdest von jetzt auf gleich leichenblass.«

»Mir wurde plötzlich etwas schwindelig. Ich hab die letzte Zeit ziemlich viel gearbeitet, wenig geschlafen. Wahrscheinlich deshalb.«

»Ist wirklich alles o.k.? Soll ich dir ein Glas Wasser holen?«

»Nein, nein. Danke.«

Ich muss weg, ganz schnell hier weg. Mich so weit wie möglich von der Gefahr entfernen, dass der Name noch einmal fällt. Eine Lautsprecheransage rettet mich: »Frau Sabine Reichert, begeben Sie sich bitte umgehend zu Schalter 16. Frau Sabine Reichert, bitte!«

»Oh, ich muss los. Tschüss, Anna, alles Gute.«

»Dir auch. Schaffst du das alleine oder soll ich dich lieber begleiten?«

»Nein. Bloß das nicht.«

Anna sieht irritiert aus. Darauf kann ich jetzt keine Rücksicht nehmen. Ich nehme meine Tasche, ignoriere Annas ausgestreckte Hand.

»Warte doch, Sabine. Hier hast du meine Karte. Ruf mich in New York mal an. Ich würde mich freuen.«

Ich stecke die Karte schnell in meine Jackentasche und möchte sie am liebsten wegwerfen. »Tschüss denn. Und alles Gute. Ich rufe dich bestimmt mal an.«

*

Anna schaut dieser zierlichen Gestalt in dem modischen Kostüm nach, die nicht die geringste Ähnlichkeit mit dem unscheinbaren Mädchen aus ihrer gemeinsamen Schulzeit hat. Sie machte damals keine der Modetorheiten mit, schminkte sich nie, trug von der fünften Klasse bis zum Abitur dieselbe Frisur – einen dicken Zopf –, war insgesamt ziemlich unauffällig und unternahm keinerlei Anstrengungen, das zu ändern. Mit ihrer leisen Stimme meldete sie sich selten zu Wort, und sie ließ sich zu allem und jedem missbrauchen, weil sie grenzenlos gutmütig war. Sie war das Ziel des allgemeinen Spotts, der jedoch ins Leere ging, weil sie keine Antenne für Boshaftigkeit hatte. Die Streiche, die sie ihr damals spielten, ließen einen bitteren Nachgeschmack zurück. Weil sie keine richtige Gegnerin war.

Als Sabine sie vor Jahren in München in der Redaktion besuchte und von ihrem ersten Fall erzählte, hatte sich an diesem Eindruck nichts geändert. Im Gegensatz zu heute. Sie trug damals schon diese Frisur, den Pagenschnitt, der sie verletzlich jung aussehen ließ, aber nicht in diesem Goldblond wie jetzt. Völlig neu waren die modische Kleidung, das gekonnte Make-up. Nur diese unvermittelte Verstörtheit, die hat sie früher schon gezeigt.

Sie wird mich nicht anrufen, denkt Anna.

*

Ich werde sie bestimmt nicht anrufen, denke ich, als ich mich in meinen Sitz fallen lasse. Erst als sich die Stewardess besorgt über mich beugt und fragt: »Kann ich Ihnen helfen?«, bemerke ich mein raues, stoßweises Schluchzen. Ich zittere und Tränen laufen mir übers Gesicht.

»Nein, danke. Es ist gleich wieder gut.«

Ich habe die ungeteilte Aufmerksamkeit aller Passagiere, die in meiner Nähe sitzen. Zeit meines Lebens habe ich mich bemüht, nicht unangenehm aufzufallen, und eine Szene wie diese war bis heute für mich unvorstellbar gewesen. Aber ich kann nicht anders.

Eine Hand berührt meine Schulter. »Hier, nehmen Sie.« Die Stewardess reicht mir ein Taschentuch und hält mir ein Tablett mit einem doppelten Whisky hin.

Ich nehme das Glas und leere es mit einem kräftigen Schluck. »Danke, das hat gutgetan.«

Nach der Ankunft, als ich am Gepäckband stehe und auf meine Tasche warte, vermeide ich es, meine Mitreisenden anzuschauen. Mein Verhalten ist mir mehr als peinlich. Ich will so schnell wie möglich weg von diesen neugierigen und mitfühlenden Blicken. Ich will nach Hause. Mich ins Bett legen und mich an Paul klammern und seinen warmen Rücken spüren.

»Ist das Ihre Tasche?«

»Was?« Aufgeschreckt hebe ich den Blick und schaue in das Gesicht eines jungen Mannes. Er hält mir meine Reisetasche entgegen. Ich nehme sie und versuche zu lächeln. Er lächelt nicht, schaut mich nur konzentriert an. Etwas an diesem Blick ist mir unangenehm.

»Ja. Danke. Sehr freundlich.«

»Gern geschehen.«

Hastig gehe ich zum Ausgang, merke, dass er dicht hinter mir bleibt.

»Kann ich Sie irgendwohin mitnehmen?«, fragt er. »Mein Auto steht auf dem Parkplatz.«

Ich bleibe nicht stehen, wiederhole mit leichter Kopfdrehung über die linke Schulter: »Danke. Sehr freundlich. Aber ich nehme ein Taxi.«

»Ganz wie Sie wollen.«

Natürlich gibt es kein freies Taxi mehr. Vor mir steigt gerade eine Großfamilie umständlich ein. Der Taxifahrer ruft mir zu: »Kollege kommt gleich!«, und fährt weg. Gott sei Dank ist dieser junge Mann verschwunden und bietet mir nicht weiter seine Dienste an. Aufdringlicher Kerl. Ich weiß nicht, was mich an diesem Menschen so störte. Eigentlich hatte dieses blasse Gesicht unter den dichten rotblonden Haaren nichts Aufdringliches an sich. Ich mochte einfach seinen Blick nicht, diese forschenden blassblauen Augen.

*

Eine elegant gekleidete ältere Dame in einem hellen Mantel tritt aus dem Flughafen und sieht sich suchend um. Ein roter Golf nähert sich von links und hält. Der Fahrer steigt aus, geht um das Auto herum und öffnet die Beifahrertür. Die Dame lächelt ihn an, fährt ihm einmal zärtlich durch die Haare und steigt ein. Er streicht sich eine rotblonde Locke aus der Stirn, schließt die Tür und setzt sich wieder hinter das Steuer, lässt den Motor an und fährt davon.

4.

Als ich vor meiner Haustür aus dem Taxi steige, auf das ich ziemlich lange gewartet hatte, registriere ich mit Erleichterung den vertrauten Lichtschimmer auf der Brandmauer. In die Erleichterung mischt sich Nervosität. Hoffentlich merkt er nicht, dass ich geweint habe. Sonst will er wissen, warum. Er hat mich noch nie weinen sehen.

Paul und ich sprechen generell wenig über die Vergangenheit, nicht über seine, nicht über meine. Hin und wieder fällt einem von uns eine Episode aus der eigenen Jugend ein, Anekdoten, die wenig über uns verraten. Und auch über die gemeinsame Zeit, die eigentlich im rechten Sinne keine gemeinsame war, haben wir wenig gesprochen, genauso wenig wie über den Grund, warum ich damals Hals über Kopf aus Berlin geflohen bin. Wir haben beide eine gewisse Scheu davor, an diese Dinge zu rühren. Wir reden genauso wenig über den Fall, der mich zurück nach Berlin geführt hatte, wo wir uns nach so langer Zeit wiedertrafen. Damals hatte ich mit Paul, der zu dieser Zeit verheiratet war, auch über jenen Mann gesprochen, den ich kurz zuvor kennengelernt hatte, und über meine Gefühle für ihn. Weil das Erlebte durch das Erzählen für mich realer wurde. Da glaubte ich allerdings noch, dass der Mann jeden Moment zurückkommen werde. Dass dieses Warten vergeblich gewesen war und was später geschah, davon hat Paul keine Ahnung. Seit unserem Wiedersehen ist der Kontakt zwar nicht noch mal ganz abgebrochen, wir haben uns ab und zu geschrieben, ich erzählte von dem ein oder anderen Fall, aber nie wieder von diesem Mann. Und Paul hat nie danach gefragt. Er schrieb von seiner Arbeit am Theater, von dem Scheitern seiner Ehe – und stand eines Tages in Frankfurt vor meiner Tür.

Ich schließe die Haustür auf und schalte das Flurlicht ein. Als ich auf der vierten Stufe bin, geht plötzlich das Licht aus. Verflixt, dass das immer wieder passieren muss. Kurzschluss. »Das ist eben bei alten Häusern mit ihren morschen Leitungen so«, hatte der Hausmeister gesagt. Zum letzten Mal ist es vor einem Jahr geschehen. Ebenfalls mitten in der Nacht. Es hat Stunden gedauert, bis der Schaden behoben war. Dummerweise hatte ich am Abend vorher in der Markthalle ein großes Stück Thunfisch eingekauft und portionsweise eingefroren. Wir mussten den angetauten Fisch rasch verarbeiten. Seitdem kann ich dem Geschmack nichts mehr abgewinnen. Bei aller Köstlichkeit, morgens, mittags und abends Thunfisch – das war des Guten zu viel. Auch wenn Paul sich bemühte, ihn auf verschiedenste Weise zuzubereiten.

Und wir waren nicht die Einzigen im Haus, deren Speiseplan sich mehrere Tage lang durch eine gewisse Monotonie auszeichnete. Danach wurden alle Leitungen erneuert. Hat eine schöne Stange Geld gekostet. Also hätte der Kurzschluss jetzt eigentlich nicht passieren dürfen.

Die Erkenntnis trifft mich direkt in die Magengrube. Das ist kein Kurzschluss, und ich bin nicht allein im Treppenhaus! Ich lausche, wage nicht, mich zu bewegen. Stille. Keine absolute Stille, das nicht. Sondern die, wenn ein Mensch sich bemüht, kein Geräusch zu machen. Hat da nicht eben eine Stufe geknarrt? Woher kam das Geräusch? Von oben? Ich kann nichts sehen, nichts erkennen. Das spärliche Licht, das durch das Flurfenster von außen auf den Treppenabsatz zwei bis drei Stufen über mir fällt, reicht nicht bis dahin, wo ich stehe. Was ist das dort an der Kellertür? Steht da jemand? Oder ist das nur ein Schatten? Bewegt der sich? Kommt er auf mich zu? Ich stehe schreckensstarr. Jetzt höre ich ein Atmen. Ganz schwach, unterdrückt. Bin ich das selber? Doch aus dem Atmen wird ein Summen, eine leise Melodie. Diese Melodie.

Ich schließe die Augen, presse mich eng an die Wand, kauere mich auf die Stufe, halte mir die Ohren zu und schreie, schreie: »Nein! Nein! Nein!«

Eine Hand verschließt mir den Mund. Ich beiße hinein.

»Au, verdammt. Spinnst du?«

Ich spüre einen heftigen Schlag auf die Wange und öffne die Augen. Um mich herum ist es hell. Paul kniet vor mir.

»Entschuldige, aber das musste sein«, sagt er und lutscht an seiner Hand.

»Du? … Hab ich …? Aber ich dachte … Hab ich dich gebissen?«

»Und wie. Hier!« Paul hält mir anklagend seine Hand entgegen. Deutlich zeichnet sich der Abdruck meiner Zähne ab. Sogar ein Tropfen Blut ist zu sehen.

»Das tut mir leid. Ich dachte … da wäre … da war jemand.«

»Da ist niemand, außer natürlich den lieben Nachbarn. Dein Geschrei war ja laut genug.«

Ich sehe mich um, registriere die neugierigen Gesichter, die mich übers Treppengeländer hinweg anstarren.

Paul dreht sich zu ihnen um. »Ist in Ordnung, Leute. Geht wieder ins Bett. Sabine hat sich nur erschreckt. Das war alles.«

Nein, das war nicht alles. Da war jemand. Ganz nah. Ich habe es genau gespürt. Ich will, dass Paul kontrolliert, ob die Tür zum Hinterhof geschlossen ist, dass er in den Keller geht, nachsieht, ob sich dort jemand versteckt hält. Oder ob draußen auf der

Straße eine rotbäckige Karnevalsmaske auf mich lauert. Doch ich sage nichts. Paul nimmt mich einfach auf die Arme und trägt mich die Treppe hinauf.

»Lass mich runter. Was sollen die Leute denken?«

»Die denken sich sowieso ihr Teil.«

Er lässt mich behutsam vor unserer Wohnungstür herunter und gibt mir einen Kuss auf die Nase. »Ich hole noch deine Tasche, und dann mach ich uns was zu essen.«

»Ich will nichts essen.«

»Auch keinen Matjessalat?«

Ich kann schon wieder lächeln. »Danach?«

»Natürlich. Danach.«

Ich klammere mich an ihn. Alles ist so vertraut, seine glatte Haut, die warme, raue Innenfläche seiner Hände, sein Geruch, wie er meine Lippen mit der Zunge streichelt, meinen ganzen Körper, mich hart und dann zärtlich anfasst, seine Laute, wenn er einen Orgasmus hat. Es erregt mich. Ich liebe es, seinen nicht mehr so schlanken, aber festen Körper zu spüren, ihn zu streicheln. Ich liebe seine tiefe Stimme, mit der er mich in zärtlichen Momenten einhüllt wie in eine warme Decke, seinen Humor, seinen Verstand, seine Begeisterungsfähigkeit, seine Gabe im Alltäglichen das Besondere zu sehen. Dennoch fehlt meiner Liebe ein entscheidendes Moment, weil ich ihm ein ziemlich großes Stück meiner Seele vorenthalte, die Scherbe aus der Berliner Küche.

Als wir schließlich in der Küche bei unserem Matjessalat sitzen, der bis zum Morgen warten musste, kriecht gegenüber die Sonne übers Dach und hüllt uns kurz in ein morgengelbes Licht. Dann trübt eine Wolke sie wieder ein.

Das liebe ich an meiner Wohnung besonders, dass sie den ganzen Tag das Licht einfängt. Küche und Bad gehören dem Morgen, Wohnzimmer, Terrasse und Schlafzimmer liegen nach Südwesten. Und Pauls Bereich unterm Dach nennen wir die Himmelsstube, weil man durch die beiden großen Fenster nichts anderes sieht als Himmel. Der oft trübe ist, selten strahlt, aber selbst in dieser Stadt gibt es sternenklare Nächte. Paul hat sich ein Teleskop gekauft und verbringt oft Stunden davor.

Ich betrachte den Mann auf der anderen Seite des Tisches und eine Welle von Zärtlichkeit steigt in mir auf. Wie genussvoll er sich dem Essen hingibt, voller Konzentration. Sein Haar steht ihm wirr vom Kopf ab. Seine Stirn ist schon etwas höher geworden. Der Arme, es wird ihm schwerfallen, von seiner üppigen Lockenpracht Abschied nehmen zu müssen, auf die er so stolz ist. Aber er sieht immer noch gut aus, eigentlich besser als vor 20 Jahren. Sein Gesicht ist etwas kantiger geworden, seine Figur dafür etwas runder. Obwohl er viel für seine schlanke Linie tut, entspricht er besonders um die Leibesmitte seinem eigenen Ideal nicht mehr ganz. Kein Wunder bei den vielen spontanen Trostessen.

Er merkt, dass ich ihn ansehe, schaut auf und lächelt. Dieses Lächeln, von dem ich hoffe, dass es nur mir gehört. Ich beschließe, alles zu tun, um ihn mehr lieben zu können. Die Vergangenheit endlich Vergangenheit sein zu lassen, und es kommt mir vor, als sei der unbeherrschte Tränenstrom am Abend vorher der erste Schritt auf dem Weg dorthin.

»Ich hab eine wunderbare Idee«, sagt Paul. »Wir verschwinden einfach für ein langes Wochenende. Ohne Handy, ohne Angabe einer Adresse. Raus aus allem, weg von allem. Wir fahren in den Spessart oder, noch besser, in den Schwarzwald. Gleich morgen früh.«

»Gleich morgen früh? Das ist unmöglich. Ich kann nicht einfach verschwinden. Tanja …«

»Doch, du kannst. Eigentlich bist du ja sowieso noch in Berlin. Ich gestatte dir einen Anruf. Sprich Tanja aufs Band, dass du erst Montagnachmittag wieder zu erreichen bist. Also, worauf wartest du?«

5.

So sitzen wir tatsächlich einen Tag später vor einem flackernden Kamin in diesem Hotel, in dem Paul mir vor mehr als einem Jahr erklärte, dass er und nur er der einzig Richtige für mich sei.

Wir fuhren damals mit dem Auto kreuz und quer durchs Land, nach einem genauen Routenplan, den Paul ausgearbeitet hatte, und landeten in diesem weiten Schwarzwaldtal. Wir wurden bereits erwartet. Ein Zimmer mit der schönsten Aussicht war für uns reserviert, ein herrlicher Blumenstrauß stand vor dem Fenster und im Restaurant war der Tisch in einer Nische festlich gedeckt.

Paul trifft Entscheidungen spontan, die Ausführung wird jedoch sorgfältig geplant. Im Gegensatz zu mir. Ich gehe meine Aktionen vorher prinzipiell bis ins kleinste Detail durch, handele aber dann spontan aus dem Bauch heraus, was oft im Kontrast zu meinem ursprünglichen Vorhaben steht.

Es war eine wunderschöne Zeit damals. Wir liefen stundenlang durch den Wald, redeten viel, aßen gut, tranken Wein und lachten und liebten uns. Danach entschloss ich mich, es noch einmal mit Paul zu wagen. Und das habe ich bis heute nicht bereut.

Nun sind wir also wieder hier. Ich schaue durch die großen Fenster auf das dunkle Grün der Bäume auf dem Hang gegenüber, die sich von einem winterhellen Himmel abgrenzen. Ein letzter Schimmer von der untergehenden Sonne liegt auf den Wipfeln.

»Das war eine wunderbare Idee von dir, Paul. Ich danke dir sehr.«

Er nimmt meine Hand, die ich auf seinen Oberschenkel gelegt habe, und grinst. »Sollen wir uns gleich in unserem Prunkgemach der Wollust hingeben, eine kleine Orgie feiern? Oder gehen wir zuerst in die Bar?«

»Wie wär es mit der Reihenfolge? Erst Bar, dann Wollust, dann wieder Bar.«

»Weib, du bist voll schöner Überraschungen. Ich folge dir bedingungslos.«

Drei Whiskys später, es könnten auch vier gewesen sein, gehen wir kichernd die Treppe in den zweiten Stock hinauf. Ich bin randvoll mit Glück, muss stehen bleiben, ihn umarmen, ihn küssen, will ihn spüren, ganz und am besten sofort.

Ich nehme zwei Stufen auf einmal, renne auf unsere Zimmertür zu. Mitten in der Bewegung erstarre ich. Auf der anderen Seite des Flurs hat sich leise eine Tür geöffnet und durch den schmalen Spalt grinst mich eine rotbäckige Karnevalsmaske an.

Paul, will ich rufen, doch kein Laut kommt über meine Lippen. Ich starre auf die Maske und kann mit großer Mühe nur stammeln: »Da, da.«

»Was is' da, mein holder Engel? Ich bin da. Hier.« Paul, der sich mittlerweile schwankend genähert hat, legt den rechten Arm um mich und stochert mit der linken mit dem Schlüssel im Schloss. Ich klammere mich an ihn, verberge meinen Kopf an seiner Brust. »Na, nicht so stürmisch. Wirst es doch abwarten können. Gehen wir erst mal rein.«

Ich stürze ins Zimmer und schlage hinter Paul die Tür zu. »Er ist hier?«

»Was? Wer?« Paul ist sichtlich bemüht zu erahnen, wen ich meine. Es gelingt ihm nicht so schnell.

»Der Kerl mit der Maske. Der im Auto.«

»Wo?«

»Im Zimmer gegenüber. Ich hab die Maske gesehen!«

Paul wird schlagartig nüchtern. »Wen willst du gesehen haben?«

»Den Kerl, der mich umbringen wollte.«

»Nun mal langsam. Erstens hat er dich nicht umgebracht, sondern nur ein bisschen gedrängelt. Und zweitens, wieso soll der zufällig hier am selben Ort, zur selben Zeit, im selben Hotel wie wir absteigen?«

»Eben. Das ist kein Zufall. Der ist meinetwegen hier.«

Paul schüttelt fassungslos den Kopf. »Das glaub

ich jetzt nicht. Du kannst doch nicht wirklich annehmen …«

»Mein Gott, ich weiß es ja auch nicht. Ich weiß überhaupt nichts mehr. Ich hab einfach Angst. Schreckliche Angst.« Ich lasse mich schluchzend aufs Bett fallen.

Sichtlich verwirrt kommt Paul auf mich zu. »Weinst du? Du weinst doch nie.« Er setzt sich neben mich und streicht mir hilflos über den Kopf. »Ist ja gut«, murmelt er. »Ist ja gut.«

Ich schluchze nur noch heftiger.

»Weißt du was?«, fragt er. »Ich geh rüber und kläre das Ganze.«

»Nein. Das ist viel zu gefährlich.«

Abrupt stoppt die Streichelbewegung. »Sei nicht kindisch. Wir sind in einem Hotel. Überall sind Menschen, und wenn ich schreie, hört mich unten der Portier am Empfang. Was soll daran gefährlich sein?« Er steht auf und geht zur Tür.

»Aber was willst du sagen?«

»Mir wird schon was einfallen.«

Ich stehe hinter der angelehnten Zimmertür und horche. Ich höre, wie Paul an die Tür gegenüber klopft und mit schwerer Zunge ruft: »Liebling, mach auf. Bitte. Sei nicht sauer. Mach auf, Liebling.«

Die Tür öffnet sich. Was drinnen gesprochen wird, kann ich nicht verstehen. Ich höre nur Paul: »Was machen Sie denn in unserem Zimmer. Wo ist meine

Freundin? … Aber das ist doch Zimmer 12 … Was? ’tschuldigung. Das tut mir leid … Nein, nein, Sie brauchen nicht den Portier zu rufen und bestimmt nicht die Polizei. Tut mir wirklich leid. Bin schon weg. Gute Nacht.«

Paul kommt zurück, schließt rasch die Tür. Ziemlich schroff sagt er: »Eine elegante ältere Dame, die ich wohl sehr erschreckt habe.«

»Entschuldige bitte. Ich war mir so sicher …«

»Lass gut sein. Gehen wir schlafen. War vielleicht alles etwas viel in der letzten Zeit.«

Er beginnt sich auszuziehen, dreht mir dabei den Rücken zu. Keine Andeutung einer Orgie, noch nicht einmal einer kleinen. Ich kann ihn verstehen.

»Hab ich uns den Abend verdorben?«

»Ich hatte mir das alles etwas anders vorgestellt, das muss ich zugeben.«

Er geht ins Bad. Ich schaue auf die Tür, die er hinter sich geschlossen hat.

Er denkt, ich bin verrückt, und irgendwie denke ich das auch.

Am Morgen scheint die Sonne hell ins Zimmer. Ich weiß nicht, wann ich endlich eingeschlafen bin, wie lange ich neben dem friedlich schnarchenden Paul gelegen und gegrübelt habe. Doch irgendwann muss ich es auch geschafft haben. Ich fühle mich trotz allem ausgeruht.

Leise stehe ich auf und gehe ans Fenster, öffne es weit und atme tief die harzige Luft ein.

Es muss gerade erst geregnet haben. Die Luft ist kalt und feucht, der Himmel blassblau. Über den Baumspitzen wölbt sich ein Regenbogen. Ganz klar gezeichnet. Mit kräftigen Farben.

»Paul, komm bitte mal. Ein wunderschöner Regenbogen.«

»Hmm«, murmelt er verschlafen hinter mir.

»Ein Regenbogen.«

»Ich versteh immer Regenbogen. Interessiert mich im Moment nicht. Komm zurück ins Bett. Wir haben was nachzuholen.«

Und so wird es doch noch – nein, keine Orgie – ein harmonischer Tagesbeginn.

Am Frühstückstisch beschließen wir, bei diesem selten schönen Wetter eine große Wanderung zu machen, die gleiche wie beim letzten Mal, auch wenn es jetzt November ist und nicht Mai.

Nach zwei Stunden machen wir Rast. Natürlich hat Paul daran gedacht, uns im Hotel ein Lunchpaket einpacken zu lassen. Es gibt einen kräftigen Käse, wunderbares dunkles Brot mit zahlreichen Körnern und den landestypischen Schinken.

Der Tee aus der Thermosflasche schmeckt köstlich. Es tut gut, sich die kalten Finger an dem heißen Becher zu wärmen. Ein Wohlgefühl breitet sich in mir aus. Ich bin glücklich, in dieser atemberaubend schönen Landschaft zu sitzen, neben mir der Mann, den ich liebe, doch, den ich liebe. Es wäre anmaßend, von ihm noch mehr zu erwarten, als er mir bereits gibt.

Er schaut mich an, sagt: »Wenn es etwas wärmer wäre, nicht so nass …«, und grinst.

»… dann würde ich dich jetzt verführen.« Ich küsse ihn.

»Aber so …«

»… machen wir uns wohl besser auf den Weg.«

Der Pfad führt über die Höhe, weiter durch den dichten Wald und im großen Bogen zurück zum Hotel. Paul sagt, er erinnere sich genau an den Weg. Aber damals war es Frühling und alles sah ganz anders aus. Der Waldboden war ein grün-weißer Teppich. Die Buschwindröschen blühten gerade und der Wanderpfad wirkte wie frisch geharkt. Den Sommer über hat sich in diesem Jahr wohl niemand um ihn gekümmert. Jetzt ist er zum Teil durch Gras und Gestrüpp zugewachsen und das überhängende Geäst der Bäume versperrt stellenweise den Weg. Im November haben offensichtlich nicht allzu viele Wanderer den Weg hierher gefunden und ihre Spuren hinterlassen. Der Pfad gabelt sich, links und rechts sind schwach ein paar plattgetretene Gräser zu sehen. Paul bleibt stehen, holt sein Handy aus der Jackentasche, schaut auf das Display und sagt: »Kein Netz.« Er steckt es wieder ein und verkündet entschlossen: »Wir müssen uns links halten.« Mir ist nicht ganz wohl in meiner Haut, wenn auch die Sonnenstrahlen, die durch die hohen Bäume fallen, wunderschöne, vielfältige Muster vor meine Füße malen. Doch das ändert sich plötzlich, ein milchiger Schleier wabert durch die Stämme, der immer dichter zu werden scheint.

»Lass uns umkehren, Paul. Es wird neblig.«

»Umkehren? Wegen dem bisschen Nebel? Kommt nicht infrage. Guck, da vorne ist blauer Himmel. Es ist sowieso nicht mehr weit. Gleich müssen wir an dem kleinen Weiher sein, erinnerst du dich? Von da aus ist es nur noch eine halbe Stunde bis zum Hotel.«

»Aber wenn wir uns verlaufen?«

»Seit wann bist du denn so ängstlich? Ich habe einen guten Orientierungssinn. Hab ich dich schon jemals in die Irre geführt?«

In die Irre gerade nicht, denke ich, aber ziemlich außen rum und quer durch Gebüsch und Strauch. Ich erinnere mich sehr genau an die Wanderung beim letzten Mal. Ein bequemer Wanderweg von maximal drei Stunden Dauer, war im Reiseführer zu lesen. Wir hatten sechs gebraucht, dank Pauls instinktsicher gewählten Abkürzungen.

Es wird plötzlich dunkler. Ich drehe mich um und sehe eine graue Nebelwand, die drohend vom Tal zu uns heraufsteigt. Sie bewegt sich sehr schnell.

»O Gott, siehst du das da hinten, Paul?«

»Bin ja nicht blind. Müssen wir eben einen Schritt zulegen.«

Wenn Paul mit seinen langen Beinen einen Schritt zulegt, heißt das für mich, ich muss rennen. Was mir im Moment allerdings recht ist. Von der Umgebung sind nur noch Umrisse zu erahnen. Es ist vollkommen still. Kein Vogel ist zu hören, kein Rauschen der Bäume. Es geht kein Wind. Der Nebel kriecht geräuschlos auf uns zu und hüllt uns ein. Ein Glück, dass auf dem Weg vor Kurzem ein Traktor gefahren ist. Seine Reifenspur zeigt eindeutig an, in welche Richtung wir gehen müssen. Noch. Das Grau um uns wird immer dichter, es sieht aus, als würde es aus dem Boden quellen.

Von fern, aber auch wieder nicht so fern – in dem wabernden Grau ist es nicht zu orten – ein Pfeifen, eine Zeile: »... mit dem kleinen Hackebeilchen ...«

»Hast du das gehört, Paul?«

»Was?«

»Da pfeift jemand die Melodie. Du weiß schon, die von dem Anrufbeantworter. Hör doch!«

»Ich hör nichts.«

Ich lausche. Alles ruhig. »Aber ich hab es genau gehört, ganz genau...«

»Also, Sabine, manchmal könnte man glauben, du bist paranoid.«

Den Rest des Weges gehen wir schweigend nebeneinander her. Irgendwann fängt es auch noch an zu regnen. Leicht und sacht, aber stetig. Als wir das Hotel erreichen, sind wir nass bis auf die Knochen.

»Ich gehe erst mal duschen«, sagt Paul, im Zimmer angekommen. »Und dann runter in die Bar. Ich brauch einen Drink.«

»Ich komme gleich nach.«

»Lass dir Zeit.«

Ich trete ans Fenster, sehe dem Regen zu, der gleichmäßig aus dem Nebel fällt. Der heutige sonnige Morgen ist sehr weit weg, wie die Welt da draußen, in der man die Dinge nur noch ahnen kann. In meinem Innern sieht es nicht anders aus. Irgendetwas geht vor. Ich weiß nicht was. Ich weiß nicht, warum. Ich weiß nur, dass es so ist. Und selbst da bin ich mir manchmal nicht sicher. Ich muss aufhören, darüber nachzugrübeln. Sonst verliere ich wirklich den Verstand.

Ich schrecke zusammen, als Paul mich mit nassen Haaren in den Nacken küsst.

»Das Bad ist frei.«

Offensichtlich hat er beschlossen, so zu tun, als wäre nichts gewesen. Sein bekanntes Rezept. Wenn ich nicht über eine Sache rede, existiert sie nicht.

»Ich geh schon mal runter.«

»Nein!«, will ich schreien. »Warte, lass mich nicht allein.« Aber ich sage nichts.

Ich drehe hinter ihm den Schlüssel zweimal um, verriegele das Bad von innen. Aus dem Spiegel über dem Waschbecken schaut mir ein verschrecktes, bleiches Gesicht entgegen. Es gefällt mir nicht besonders.

Ich drehe die Dusche weit auf, stelle die Skala fast auf Rot, als könnte das heiße Wasser die Kälte vertreiben, die in meinem Bauch hockt, und das Zittern in meinem Zwerchfell. Es will nicht gelingen.

Hastig trockne ich mich ab, brauche einige schrecklich lange Minuten, bis ich es wage, den Riegel an der Badtür zurückzuschieben. Ich versuche dem Schrecken zuvorzukommen, in dem ich mich darauf einstelle, im Zimmer irgendwo der Karnevalsmaske zu begegnen oder auf dem Flur jemand diese Melodie pfeifen zu hören.

Als ich endlich die Tür aufreiße, bin ich überrascht, das Zimmer genauso vorzufinden, wie ich es verlassen habe. Pauls regennasse Sachen liegen auf dem Boden. Wann hat er eigentlich angefangen, es für selbstverständlich zu halten, dass ich ihm hinterherräume? Ich werde alles liegen lassen, weniger aus erzieherischen Gründen, sondern weil ich nicht länger allein in diesem Raum bleiben will.

Ich ziehe mich rasch an, fahre mir kurz mit dem Kamm durch die Haare, verzichte auf Make-up und Wimperntusche. Sagt Paul nicht immer, ich sei ohne Schminke genauso schön? Ich werde ihn daran erinnern, sollte er irgendeine Bemerkung über mein Aussehen machen. Wo sind meine Schuhe? Der eine liegt neben dem Kleiderschrank, wo ich ihn gestern Abend ausgezogen habe. Und wo ist der zweite? Nicht im Kleiderschrank, nicht darunter oder sonst wo im

Zimmer. Auch nicht unter dem Bett. Er muss doch irgendwo sein. Ich mag nicht länger suchen. Ziehe ich eben zu meinem schwarzen Etuikleid meine nassen Wanderschuhe an. Nur schnell raus hier.

Ich ziehe die Tür hinter mir zu. Der Flur liegt still und leer vor mir. Ich schaue kurz auf die gegenüberliegende Tür, Nummer 15. Warum bin ich heute Nacht nicht selber hingegangen? Was hätte mir schon passieren können, mit Paul im Zimmer hinter mir?

Weil diese alles beherrschende Angst es unmöglich gemacht hatte. Aber unter dieser Angst spüre ich plötzlich etwas anderes, noch ziemlich vage. Ich stehe da, starre auf die Tür mit der goldenen 15 und versuche, dieses Gefühl zu verstehen. Es erinnert mich an meine Kindheit, an die Wut, wenn ich mich ungerecht behandelt fühlte. Nein, Wut ist nicht das richtige Wort. Es ist eher ein Widerstand, ein inneres Wehren. Es ist nicht so stark, dass ich es wage, gegenüber an die Tür zu klopfen. Noch nicht. Doch dann habe ich eine Idee.

Der Mensch hinter dem Tresen an der Rezeption wendet sich mir höflich zu, als ich ihn wenig später mit »Entschuldigen Sie« anspreche.

»Ja, bitte? Was kann ich für Sie tun?«

Ich greife in meine Tasche und nehme mein Brillenetui heraus. »Wir wohnen in Zimmer 12, und als ich grade aus der Tür kam, lag das hier im Flur auf dem Boden. Nicht weit von Nr. 15. Vielleicht hat es die Dame verloren, die dort wohnt.«

»Sehr aufmerksam von Ihnen. Die Herrschaften sind zurzeit außer Haus. Ich werde sie darauf ansprechen, sobald sie zurück sind. Wenn Sie das Etui so lange mir übergeben wollen.«

Die Herrschaften! Jetzt weiß ich auch nicht mehr als vorher, außer dass neben der älteren Dame offensichtlich noch jemand in Zimmer 15 wohnt. Ihr Mann wahrscheinlich. Ich würde mich gerne ins Foyer setzen und warten, bis die »Herrschaften« auftauchen. Aber damit würde ich meine Beziehung wohl ernsthaft gefährden.

Paul rutscht von seinem Hocker, als ich die Bar betrete, grinst und zeigt auf meine Füße: »Trägt man das jetzt?« Er umarmt mich, gibt mir einen Kuss. »Was willst du trinken? Der Barmann macht köstliche Cocktails. Der schottische ist seine Spezialität.«

Wovon Paul ohne Zweifel schon einige probiert hat. Mithilfe eines Hot Toddys – man gießt 150 Milliliter heißes Wasser auf zwei Gewürznelken, einen Teelöffel Honig, 4 Zentiliter Whisky und schmückt das Ganze mit zwei Zitronenschnitzen, erklärt mir fachkundig mein Liebster – versuche ich, mich dem Pegelstand von Paul zu nähern. Der Barmann überredet mich zu einem zweiten Glas, denn das sei ja kein Drink, sondern Medizin. Gut gegen drohende Erkältung.

»Und bei dem Wetter da draußen und wie Sie ausgesehen haben, als Sie von Ihrer Wanderung zurückkamen, haben Sie mindestens zwei von der Sorte nötig. Wenn nicht sogar drei.«

Ich bin gerne bereit, ihm in allem Recht zu geben. Dieses Getränk macht einfach ein wunderbares Gefühl im Bauch. Meine Grübeleien schwimmen in sanften Wellen davon.

»So, mein Schatz, und jetzt spendiere ich uns ein köstliches Mahl. Alles ist vorbereitet. Darf ich Ihnen meinen Arm anbieten, meine Gnädigste?«

*

Auf den regennassen Parkplatz vor dem Hotel biegt ein roter Golf ein und bleibt stehen.

Der Fahrer steigt aus, spannt einen Regenschirm auf und geht schnell zur anderen Seite des Autos. Er öffnet die Beifahrertür und hält den Schirm über die Person, die aussteigt. Sie hakt sich bei ihm ein und beide gehen auf die breite Treppe des Gebäudes zu.

*

Im Speisesaal ist in einer Nische für zwei festlich gedeckt. Kerzen brennen und wieder steht ein wunderschöner Strauß auf dem Tisch, woher auch immer die Blumen zu dieser Jahreszeit stammen.

Paul legt seine Hand an meine Wange. »Ich liebe dich. Danke, dass du es mit mir noch mal versucht hast. Danke für die letzten Monate.« Er hebt sein Glas. »Auf uns und auf unsere Zukunft.«

Ich stoße mit ihm an.

Er nimmt einen Schluck. »Könntest du dir vielleicht vorstellen, dass wir beide …?«

»Ist diese Dame aus Nummer 15 hier irgendwo im Raum?«

Paul stellt sein Glas hart auf den Tisch. Der Rotwein schwappt auf die weiße Tischdecke. »Was soll das? Denkst du, ich hab dich gestern Abend belogen?«

»Nein, aber …«

»Was aber?«

»Ich weiß es nicht. Das ist das Schlimme.«

»Heul doch nicht schon wieder. So kenn ich dich ja gar nicht.«

Ich mich auch nicht, denke ich.

Paul sieht mich prüfend an. »Ich versteh das nicht. Warum vergisst du den Typ von neulich nachts nicht einfach?«

»Ich kann nicht.«

»Das merk ich. Offensichtlich hat der in dir irgendwas ausgelöst, irgendwelche Urängste.«

»Spiel mal nicht den Therapeuten.«

»Tu ich nicht. Kann ich auch nicht. Aber das ist genau das richtige Stichwort. Du brauchst professionelle Hilfe. Ich kümmere mich gleich am Montag drum. Im Theater kennt bestimmt jemand einen guten Psychotherapeuten.«

Ich brauche keinen Therapeuten, ich brauche einen Menschen, der mir glaubt.

Paul streichelt erneut meine Wange. »Bitte, tu mir den Gefallen, mein Schatz, und versuche wenigstens, eine Zeit lang nicht daran zu denken. Ich hab mich so auf diese Reise gefreut.«

»Ich will es versuchen. Ist sie da?«

»Wer?«

»Die Frau.«

Paul schiebt ruckartig seinen Stuhl zurück und springt auf. »Mir ist der Appetit vergangen. Du findest mich in der Bar. Lass mich volllaufen.«

Ich sehe ihm nach, spüre mehr, als dass ich es sehe, wie die anderen Gäste verlegen wegschauen. Es ist mir unangenehm, allein am Tisch sitzen zu bleiben, vor leeren Gläsern und leeren Tellern. Ich stehe auf, folge Paul.

Als ich an der Rezeption vorbeikomme, ruft der Portier: »Frau Reichert! Die gnädige Frau bedankt sich für Ihre Freundlichkeit, aber das hier gehört ihr nicht.« Er hält meine Brillenhülle hoch.

»Ja, dann. Ich dachte nur.« Ich nehme ihm das rote Etui ab und gehe rasch in die Bar. »Die gnädige Frau.« Mehr nicht. Was hatte ich mir überhaupt davon erhofft, wenn er einen Namen genannt hätte?

Vielleicht, dass er etwas in mir auslöst, eine Erinnerung, eine Verbindung herstellt. War ein Versuch gewesen. Ein hilfloser, zugegeben.

Paul lehnt an der Theke, vor ihm stehen zwei Whiskys, die er fixiert, als seien sie das Orakel von Delphi. Als ich mich neben ihn auf einen Barhocker setze, schiebt er mir wortlos ein Glas zu. Wir trinken, stumm. Irgendetwas sollte mir einfallen, um dieses lastende Schweigen zu beenden. Aber was?

Auch in dieser Bar gibt es wie im Deep Blue in Berlin hinter der Theke einen großen Spiegel. Ich betrachte uns beide darin. Den Mann neben mir mit seinem verschlossenen Gesicht. Und mich, blass, mit rot geränderten Augen. Ein glückliches Paar sieht anders aus. Außer uns sitzt nur noch ein Gast an einem der kleinen Tische in unserem Rücken. Ein junger Mann, mit einer verwaschenen Baseballkappe auf dem Kopf. Die Mütze wirkt in dieser Umgebung deplatziert. Er trägt eine Brille mit einer dunklen Fassung und getönten Gläsern. Seine linke Hand hält ein Weinglas umklammert, als habe er Angst, man wolle es ihm wegnehmen. Er starrt auf die Tischplatte, dann hebt er den Kopf. Ich beobachte im Spiegel, wie sich in seinen Brillengläsern das Licht spiegelt. Die Augen dahinter kann ich nicht erkennen. Es ist irritierend, nicht zu wissen, wohin er schaut. Ob er mich ansieht? Jetzt lächelt er.

Er trinkt sein Glas leer, steht auf und geht hinaus.

Ich würde gern hinterherlaufen, um zu wissen, ob er vielleicht den Schlüssel von Zimmer 15 verlangt.

Ich frage den Barkeeper: »Der junge Mann, der grade die Bar verlassen hat, wissen Sie, wie der heißt? Er kommt mir bekannt vor.«

»Tut mir Leid, Madame. Das weiß ich nicht.«

Vielleicht stimmt es, vielleicht auch nicht. In diesem Hause legt man Wert auf Diskretion.

Paul schüttelt den Kopf. »Was soll das denn nun wieder? Witterst du jetzt in jedem harmlosen Menschen einen Verfolger?«

»Versuch bitte, mich zu verstehen, Paul. Der Kerl neulich nachts hat mir Todesangst eingejagt. Dass aber alle diese merkwürdigen Vorfälle lediglich ein Produkt meiner Fantasie sind – das kann ich mir nicht vorstellen.«

»Hat es alles schon gegeben.«

»Klar. Und ich bin auch bereit, zu einem Therapeuten zu gehen. Doch die eine wie die andere Möglichkeit macht mir Angst. Das heißt, die Vorstellung, mir all das nur einzubilden, macht mir noch mehr Angst.«

»Du hältst es also nach wie vor für möglich, dass jemand hinter dir her ist? Dir bis hierher gefolgt ist?«

»Ich weiß, das klingt völlig irre. Nimm es doch einfach mal als Hypothese an.«

»Das kann ich nicht. Das ist zu abgefahren. Der müsste dich ja in jeder Minute beobachten. Wissen, was du treibst, wo du bist. Ist dir klar, was das für einen Aufwand bedeuten würde? Und warum sollte dieser XY sich so eine ungeheure Mühe machen?«

»Das frage ich mich selber. Warum?«

»Eben. Es entbehrt jeder menschlichen Logik. Das siehst du doch ein.«

»Schon.«

»Also. Dann hör endlich auf mit dem Quatsch.«

Wie kann ich das? Theoretisch bin ich durchaus bereit, eine Psychose anzunehmen, aber noch eher glaube ich, nein, ich weiß, dass jemand ein perfides Spiel mit mir treibt. Wie unwahrscheinlich das auch klingen mag. Ich habe keinen Beweis, und »Mein Bauch sagt mir das« ist kein überzeugendes Argument. Außer für mich selbst.

Wenn ich mich in meinem Beruf nicht völlig lächerlich machen will, muss ich die Sache selbst in die Hand nehmen. Wenngleich ich momentan absolut keine Vorstellung davon habe, wie ich das angehen soll.

»Noch einen Whisky?«

Ich mag eigentlich nicht. Ich will Klarheit in meinem Kopf. »Wenn du meinst, das hilft.«

»Was anderes fällt mir im Moment nicht ein.«

Mir genauso wenig.

6.

»Also, Sabine, du siehst aus … Na, wie sag ich's denn? Wie Braunbier mit Spucke. Na ja, egal wie. Auf jeden Fall nicht wie nach einem Wochenende voll Liebesabenteuer in den schwarzen Wäldern.«

Nein, voll Liebe war dieses Wochenende gewiss nicht gewesen. Abenteuerlich schon. Es hatte noch eine sehr hässliche Szene gegeben. Als wir nach einem schließlich doch relativ friedlichen Abend in der Bar auf unser Zimmer zurückkehrten, standen meine Schuhe akkurat nebeneinander ausgerichtet vor meinem Bett. Ich starrte sie an und begann unkontrolliert zu zittern, doch bevor ich einen Laut von mir geben konnte – es wäre ein Schrei gewesen –, verschloss Paul mir mit einem Kuss den Mund, redete beruhigend auf mich ein. Er streichelte meinen Rücken, murmelte tröstende Worte in einem Ton, als hätte er eine Schwachsinnige vor sich. Damit hatte er bereits in der Bar angefangen. Dies und das mechanische Auf und Ab seiner Hände auf meinem Rücken lösten plötzlich eine große Wut in mir aus. Ich befreite mich aus seiner Umarmung und schrie ihn an: »Red nicht mit mir in diesem Irrenarztton! Ich bin nicht verrückt!

Vor drei Stunden war der eine Schuh nicht aufzufinden, und jetzt stehen beide mitten im Zimmer. Du glaubst mir natürlich nicht … Wie denn auch? Du hast mich und meine Gefühle ja schon vor 20 Jahren nicht ernst genommen.«

Es kochte noch einiges andere in mir hoch, was sich angesammelt hatte und mit dem Paul wirklich nichts zu tun hatte. Zorn auf Rolf, der in Wirklichkeit Robert hieß, für mich trotzdem immer Rolf bleiben würde. Zorn auf mich selbst, dass ich mich damals hatte täuschen lassen. Zorn auf die Unsicherheit, die zurückgeblieben war, auf die Tatsache, dass ich seitdem meinem Instinkt nicht mehr vertraue, obwohl ich doch vor zwei Stunden beschlossen hatte, mich auf mein Bauchgefühl zu verlassen. Zorn, dass ich es zulasse, dass diese ungeklärten Vorgänge mich zutiefst verstören.

Das alles entlud sich in einem schrillen Wortschwall, der sich über einen mit hängenden Armen hilflos vor mir stehenden Paul ausgoss. Danach entschuldigte ich mich – schon wieder unter Tränen. Er reagierte verständnisvoll, aber ich merkte, dass er innerlich auf Distanz ging.

Was sich beim Frühstück bestätigte, als er sagte: »Lass uns das Ganze erst mal hinter uns bringen.«

»Willst du mich verlassen?«

Er durfte mich nicht verlassen. Nicht jetzt, nicht mit dieser Angst, die sich in mir festgekrallt hatte.

»Was? Nein, wie kommst du denn auf die Idee? Trink in Ruhe deinen Kaffee aus und dann überlegen wir, was wir heute machen wollen.«

Mit einem Blick durchs Fenster auf die immer noch regennasse Landschaft hatte er vorgeschlagen, nach Freudenstadt zu fahren. Was wir dann auch taten. Wir bummelten unter den Arkaden um den Marktplatz, schauten uns die Stadtkirche an, die verschiedenen Geschäfte. Paul schenkte mir einen wunderschönen Schal, nachdem er vergeblich versucht hatte, mich in der Dirndlstube zu einem Kauf eines dieser zugegeben sehr schönen Kleidungsstücke zu überreden. Wir genossen diese Szene.

In einem gemütlichen Café mit dem Namen Kuckuck blieben wir lange sitzen. Es gab Pfannkuchen mit Ziegenkäse für Paul und für mich ein Stück Apfelkuchen. Es schmeckte uns beiden vorzüglich.

Wir lachten viel und unterhielten uns wie gute Freunde. Wir nahmen unser altes Spiel wieder auf, uns vorzustellen, wie ein gemeinsames Leben in dieser Stadt sein könnte. Stritten uns darüber, ob die Blumenkästen an den Holzbalkonen von weißen oder rosa blühenden Geranien umrankt sein würden, überlegten, ob wir lieber im Garten Gemüse anpflanzen oder doch nur Ziersträucher wollten. Aber mir kam das alles wie ein hilfloser Versuch vor, Normalität herzustellen. Ich fragte Paul nicht, ob er das gleiche Gefühl hatte.

Zum Hightea waren wir zurück im Hotel. Den Rest des Abends verbrachten wir wie ein altes Ehepaar lesend im Bett. In meinem dringenden Bedürfnis, Nähe herzustellen, startete ich einen Verführungsversuch. Mit wenig Erfolg.

»Tut mir leid, Sabine. Bin nicht in der richtigen Stimmung.«

Stattdessen nahm er mich in den Arm und ich schlief mit dem Kopf in seiner Armbeuge ein. Mehrmals in der Nacht wurde ich wach, war froh sein Schnarchen zu hören und kroch immer wieder ganz nahe an ihn heran, um seine Wärme zu spüren, weil mir so unsagbar kalt war.

Als der Wecker klingelte – wir wollten früh aufstehen, um nicht zu spät zu Hause zu sein –, war Paul bereits im Bad. Ich stand auf und ging ans Fenster. Es war noch dunkel, doch über der Bergkette gegenüber zeigte sich schon ein schwacher rötlicher Schimmer. Es regnete nicht mehr. Wahrscheinlich wird es heute ein schöner Tag werden, dachte ich. Ich merkte, dass mir wieder Tränen in die Augen traten. Doch als ich hörte, wie hinter mir die Badezimmertür aufging, drehte ich mich um und sagte betont locker: »Guten Morgen. Möchtest du frühstücken, bevor wir fahren?«

Paul kam nicht zu mir, um mich zu umarmen. Er lächelte nur schwach und sagte: »Es ist besser, wir fahren gleich los. Wir können ja unterwegs einen Kaffee trinken.«

Auf der Rückfahrt waren wir beide schweigsam. Ich suchte nach einem Wort, einer Bemerkung, die die Situation entspannen könnte. Aber wie am Abend zuvor in der Bar fiel mir nichts ein, nur: »Hast du vielleicht zufällig heute Morgen meinen neuen Schal eingepackt? Ich konnte ihn nicht finden.«

Er guckte weiterhin konzentriert auf die Straße und schüttelte den Kopf. So saßen wir beide in diesem Auto und schauten durch die Windschutzscheibe auf die regennasse Straße. Irgendwann legte ich Paul die Hand auf den Arm und sagte: »Tut mir leid, dass die Reise nicht so verlaufen ist, wie du dir das gewünscht hast.«

Er tätschelte mir die Hand wie einem lästigen Hündchen den Kopf. »Ist schon gut.«

Was eindeutig eine Lüge war. Nichts war gut, auch wenn ich wieder in seiner Armbeuge einschlafen durfte. Heute Morgen beim Frühstück war er ziemlich schweigsam, trank seinen Kaffee im Stehen, sagte: »Warte nicht auf mich, es kann spät werden.« Und war weg.

Natürlich werde ich auf ihn warten, weil …

»He, Sabine, bist du noch auf Sendung?«

»Entschuldige, Tanja. Was hast du gesagt?«

»Hat er dir endlich einen Heiratsantrag gemacht?«

»Am zweiten Abend hatte er das wohl vor, zumindest hatte ich das Gefühl. Aber ich hab es vermasselt.

Kommt davon, wenn man versucht, etwas Schönes zu wiederholen.«

»Hm. Die Erfahrung hab ich auch gemacht. Klappt nie. Schade drum.«

Ja, wirklich schade. Mehr als das. Vielleicht der Anfang vom Ende?

»War irgendwas los, während ich weg war?«, fragte ich. »Hat jemand angerufen?«

»Ja. Dr. Arnold will einen neuen Termin. Wenn es geht Freitagabend um neun. Die Wegbeschreibung hättest du ja.«

Dr. Arnold. Hatten mit ihm nicht diese beängstigenden Phänomene angefangen? Die Fahrt zu dem nächtlichen Treffen, auf dem er bestanden hatte. Die vor einer Friedhofsmauer endete. Die merkwürdige Ansage auf seinem Anrufbeantworter, dieses Lied, das mich seitdem verfolgt. Der Typ auf der Autobahn.

»Hat er dir seine Nummer gegeben?«, will ich wissen.

»Natürlich …«

»Ruf ihn an und richte ihm aus, das mit Freitagabend kann ich einrichten. Lass die Tür auf. Und stell auf laut. Ich will ihn hören.«

Tanja sagt nichts. Nur ihre linke Augenbraue kräuselt sich, schlängelt sich in schnellen Wellenbewegungen auf und ab, die rechte bleibt ganz ruhig. Eine Fähigkeit, die ich noch bei keinem anderen Menschen gesehen habe.

Ich behalte meine Sekretärin durch die offene Tür

im Blick, beobachte, wie sie wählt, merke, dass ich schweißnasse Hände habe und mein Herz heftig schlägt. Der Anrufbeantworter schaltet sich ein. Ich höre eine ruhige, angenehme Männerstimme, genau dieselbe, die mich seinerzeit um das sofortige Treffen gebeten hatte: »Hier ist der Anschluss von …« – es folgt dieselbe Nummer, die ich in der Nacht angerufen habe. »Bitte hinterlassen Sie nach dem Signal eine Nachricht. Ich rufe baldmöglichst zurück.«

Kein Kichern, kein albernes Liedchen. Eine sachliche Ansage.

Tanja bestätigt den Termin und legt auf. Sie schaut herüber, wartet. Nach einer Weile sagt sie: »Eh ich es vergesse, du möchtest Frau von Espen anrufen. Lieber gestern als heute. Sie war sehr aufgeregt.«

– Und sie ist es noch immer. Sie lässt mir keine Zeit für ein »Guten Tag«. Kaum habe ich mich gemeldet, fordert sie: »Sie müssen sofort nach Berlin.«

»Herr Mehnert hat erst übermorgen für mich Zeit. Deshalb habe ich auch die Unterlagen, die er mir gegeben hat, noch nicht sorgfältig geprüft. Auf den ersten Blick sieht alles jedoch unseriös aus. Ich würde einen Anwalt einschalten.«

»Das habe ich schon. Allerdings aus einem anderen Grund. Vergessen Sie die Tradinggeschäfte. Man hat meinen Enkel verhaftet. Es sind Zweifel an dem Selbstmord seiner Freundin aufgetreten. Es gibt da wohl einige Indizien, die offensichtlich ausreichend für eine Festnahme sind. Ich weiß, er hat sie nicht getötet. Dazu wäre er nie imstande und er liebte sie. Das war nicht zu übersehen.«

»Sie kannten die junge Frau?«

»Ja. Bei seinem letzten Besuch hat er sie mitgebracht. Sie war bezaubernd. Intelligent und redegewandt. Sie war es eigentlich, die mich von der Rentabilität der Tradinggeschäfte überzeugt hat.«

Wie hatte Stefan Mehnert gesagt: eine sehr begabte Akquisiteurin.

»Bitte, Frau Reichert, helfen Sie meinem Enkel. Fahren Sie hin. Beweisen Sie seine Unschuld. Ich habe beim zuständigen Staatsanwalt einen Sprechschein für Sie beantragt, damit Sie Reiner in der Untersuchungshaft besuchen können. Er wurde für morgen, 16.30 Uhr, bewilligt. Reden Sie mit meinem Enkel. Er ist völlig verzweifelt.«

»Aber er hat einen Anwalt?«

»Ja. Aus einer Sozietät, mit der unsere Familie schon länger zusammenarbeitet. Mein Enkel wird Ihnen seine genauen Daten geben.«

»Gut. Ich fliege morgen früh.« Zu meiner eigenen Überraschung höre ich mich sagen: »Ich nehme meine Assistentin mit. Rufen Sie bitte den Staatsanwalt noch einmal an. Ich brauche einen Sprechschein für zwei Personen.«

Ein kleines Zögern auf der anderen Seite, dann die Frage: »Ist Ihre Assistentin vertrauenswürdig?«

Gut, dass sich das Bildtelefon nicht überall durchgesetzt hat. Wenn Frau von Espen sehen könnte, wie Tanja da am Türrahmen lehnt … »Ich kann mich auf meine Mitarbeiterin blind verlassen.« Und das ist nicht einmal gelogen.

»Gut. Ich werde alles für Sie in die Wege leiten. Und Frau Reichert …«

»Ja, bitte?«

»Ich bin Ihnen sehr dankbar, dass Sie sich der Sache annehmen.«

Mit einem Seufzer legt die alte Dame auf. Tanja hat ihre Haltung nicht verändert, nur ihre linke Augenbraue ist wieder in Bewegung.

»Assistentin?«

»Stimmt. Das habe ich gesagt. Kannst du dich wie eine verkleiden?«

»Wenn es sonst nichts ist.«

»Ich bin gespannt.«

Die junge Frau, die am nächsten Morgen zu mir ins Taxi steigt, hat nicht die geringste Ähnlichkeit mit der Tanja, die ich kenne. Über der kahlen Stelle ihres Kopfes sitzt eine schwarze Baskenmütze, die Rastazöpfchen sind kunstvoll zu einem einzigen Strang zusammengeflochten. Sämtliche Piercings sind verschwunden, nur noch ein einzelner funkelnder Stern hängt an ihrem linken Ohr. Nur das dick aufgetragene weiße Make-up hat sie beibehalten. Sie trägt einen schwarzen Hosenanzug mit taillierter Jacke und darunter eine weiße Hemdbluse. Ich lächle sie an. »Ich bin überwältigt.«

»Das habe ich erwartet. Verrätst du mir, warum ich mich so verkleiden muss?

»Vier Ohren hören mehr als zwei, zwei Augen sind weniger als vier.«

»Tolle Erkenntnis. Wäre ich nicht draufgekommen. Und was noch?«

»Erzähl ich dir später.«

7.

Das »Später« ergibt sich mittags im Hotel. Auf der Reise sprachen wir wenig miteinander. Ich habe über die Tage im Schwarzwald nachgedacht und versucht, mir über meine Gefühle zu Paul klarzuwerden. Tanja war mit der Broschüre von Stefan Mehnert beschäftigt, stieß hin und wieder merkwürdige Laute aus und klappte sie schließlich mit einem »Na warte« zu.

Jetzt konzentriert sie sich ganz und gar aufs Essen. Zuvor wollte sie wissen: »Lässt der Spesensatz zu, dass ich das ganze Menü bestelle?«

Ich habe genickt und beobachte nun mit Vergnügen, wie sehr Tanja alles genießt. Erstaunlich, welche Mengen diese junge Frau vertilgen kann. Ich habe nur einen Salat gegessen. Tanja schiebt sich das letzte Löffelchen Mousse au Chocolat in den Mund. Dann lehnt sie sich zurück, sieht mich an und sagt: »Also?«

»Ich habe dich mitgenommen, damit du mich beschützt.«

Ein seltener Moment, Tanja sprachlos zu erleben. Sie schweigt auch, während ich ihr alles erzähle. Von der Fahrt, die vor einer Friedhofsmauer endete, dem merkwürdigen Text auf dem Anrufbeantworter mit diesem alten Liedchen, von dem ich glaube, es danach noch mehrmals gehört zu haben, von der bedrohlichen Situation auf der Schnellstraße durch den Menschen mit der Karnevalsmaske, die ich in dem Hotel im Schwarzwald in einem Türspalt wiedergesehen habe, von dem nicht vorhandenen Schuh, der später einfach mitten im Zimmer stand, von dem nachhaltigen Gefühl der Hand in meinem Rücken auf der U-Bahn-Station in Berlin. Und von dem Moment, als im Hausflur das Licht ausging und ich ganz genau gespürt habe, da ist jemand. Als ich mit meinem Bericht zu Ende bin, sagt Tanja eine Weile nichts. Dann nur: »O shit.«

Als wir eine Stunde später auf einem – wie ich es nennen möchte – Armesünderbänkchen in der Justizvollzugsanstalt Moabit sitzen und darauf warten, dass uns ein Beamter zu Reiner von Espen führt, meint Tanja plötzlich: »Es muss dich jemand abgrundtief hassen.«

»Du glaubst mir also? Denkst nicht, dass ich mir das alles einbilde?«

»Glaubt Paul das?«

»Ja. Er will für mich einen Termin beim Psychotherapeuten vereinbaren.«

»Nimm es mir nicht übel, Sabine. Bei aller Wertschätzung für deine Person. Und deine Fantasie. Aber das alles kann nicht auf deinem Mist gewachsen sein. Dazu ist es zu abgefahren.«

Wenigstens ein Mensch, der mir glaubt und mich nicht für verrückt hält. Ich würde Tanja am liebsten umarmen. Stattdessen lege ich ihr nur die Hand auf den Unterarm. »Danke.«

Ein älterer Mann in dunkler Uniform erscheint in der Tür. »Wenn Sie mir bitte folgen wollen.«

Er führt uns triste, neonbeleuchtete Gänge entlang, immer wieder wird ein Gitter auf- und hinter uns zugeschlossen, und mir drängt sich der Gedanke auf: Hoffentlich werde ich nie eingesperrt.

Der Weg endet in einem kleinen schmucklosen Raum. In der Mitte ein Tisch, mit einem Stuhl auf der einen und zwei Stühlen auf der anderen Seite. Dort sollen wir Platz nehmen. Der Uniformierte setzt sich auf einen Stuhl, der an der Wand steht.

Nach kurzer Zeit öffnet sich links in der Ecke eine Tür und von einem graubärtigen Wärter wird ein junger Mann hereingeführt. Er ist sehr groß, mager, wirkt ungelenk. Mit einer Verbeugung, die merkwürdig kindlich wirkt, als hätte man ihm gesagt: »Begrüße die Damen, wie es sich gehört«, stellt er sich vor. »Reiner von Espen.«

Der Graubärtige weist ihn schroff auf den Stuhl hin: »Setzen Sie sich.« Er selber bleibt neben der Tür stehen.

Ich strecke ihm meine Hand entgegen: »Guten Tag, Herr von Espen. Ich bin Sabine Reichert und das ist meine Mitarbeiterin Tanja Schmied.«

Er gibt uns beiden die Hand, erneut eine brave Verbeugung, aber er bleibt weiterhin stehen. Der Wärter bellt von der Tür: »Sie sollen sich setzen!«

Ich betrachte den jungen Mann, der jetzt auf dem Stuhl mir gegenüber Platz genommen hat. Sein Gesicht zeigt Ähnlichkeit mit dem seiner Großmutter. Die gleiche ausgeprägt Nase, die runde Stirn, das fliehende Kinn. Er versucht es mit einem kurz geschorenen Bart zu kaschieren. Nur seine Augen muss ihm ein anderer vererbt haben. Sie sind nicht graublau und rund, sondern schmal geschnitten, sind dunkel, fast schwarz und von langen Wimpern umrahmt. Er hat dichtes mittelblondes Haar, das ihm bis auf die Schulter reicht.

»Wie Sie sicher wissen, sind wir im Auftrag Ihrer Großmutter hier. Sie ist in großer Sorge um Sie. Können Sie mir bitte ganz genau erzählen, an was Sie sich von jener verhängnisvollen Nacht erinnern?«

Er atmet hörbar aus und spricht dann sehr schnell: »Wir waren mit Freunden aus, haben zusammen gegessen. In unserem Stammlokal. Ich hatte alle eingeladen. Eva und ich sind anschließend zu ihr nach Hause gegangen. Dort hatten wir Streit. Sie hatte sich einen Joint besorgt. Ihrer Meinung nach ist Hasch harmlos. Ich sehe das anders. Sie wollte mir nicht sagen, woher sie den hat. Wie das so ist, ein Wort ergab das andere, sie nannte mich spießig, ich warf ihr vor, sie würde mich belügen. Irgendwann haben wir uns nur noch angeschrien, und ich bin gegangen. Die Nachbarn haben den Streit gehört, aber nicht, wann ich die Wohnung verlassen habe. Und als ich am nächsten Morgen zu ihr kam, da …« Er stockt, würgt, zieht ein Taschentuch aus der Tasche, presst es sich vor den Mund, atmet stoßweise.

Der Wärter macht einen Schritt auf ihn zu. »Müssen Sie zur Toilette?«

»Nein, nein. Es geht schon.« Er steckt das Taschentuch wieder ein. »Entschuldigung. Ich werde diesen Anblick nie vergessen.«

»Aber ich bitte Sie. Es ist hart, was Sie erleben mussten. Hat Ihre Freundin je härtere Drogen genommen?«

»Nie. Das hätte ich gemerkt. Wir sind doch seit einem Jahr fast jeden Tag zusammen.«

»So lange kannten Sie sie?«

Bei dem Wort »kannten« zuckt er sichtbar zusammen. »Ja. Ein Jahr und zwei Wochen.«

»War sie in der letzten Zeit wie immer oder irgendwie verändert?«

»Nein. – Obwohl, sie hatte so eine fixe Idee. Auf dem Heimweg redete sie davon, es würde sie jemand verfolgen. Sie schimpfte auf ihren Vater. ›Werde ich den denn nie los? Was will der noch von mir? Kann der nicht endlich mal einen Schlussstrich ziehen?‹ Ihre Eltern hatten wohl mal eine Detektivin auf sie angesetzt. War aber schon ein Weilchen her. Eva hat eine Zeit lang als Hostess gearbeitet, sie wollte sich etwas dazuverdienen. Sie trägt«, er schluckt hörbar, »trug gern schicke Kleider. Ihre Eltern wollten wissen, woher sie das Geld dafür hatte und sie haben ihr nicht geglaubt, dass alles seriös war.«

»Wie hieß Ihre Freundin?« Nicht gerade ein Beweis meiner beruflichen Fähigkeiten, dass ich das noch nicht in Erfahrung gebracht habe. Ihn scheint es jedoch nicht zu irritieren.

»Eva Rosskamp.«

»Eva Rosskamp? Die Tochter des Frankfurter Bankiers?«

»Ja. Ist das wichtig?«

»Wahrscheinlich nicht. Aber Sie sollten wissen, dass ich die Detektivin bin, die damals von dem Ehepaar Rosskamp engagiert wurde.«

Jetzt sieht er mich so kritisch an, wie es seine Großmutter getan hat.

»Eine Frage. Waren Sie mit Ihren Freunden letzte Woche Mittwoch im Deep Blue?«

»Ja.«

»Ich war auch da. Ihre Freundin hat mich im Spiegel über der Theke hinter der Bar kurz angesehen. Sie hat mich wohl erkannt.«

Schlagartig ist die Szene wieder da. Ein Hotelzimmer, eine nackte junge Frau mit einem Make-up-verschmierten Gesicht, die sich ein rotes Kleid überstreift und mir zwischen Strähnen von dunklem Haar hindurch einen kurzen Blick aus mandelförmigen Augen zuwirft; ein Mann, schätzungsweise 50 Jahre alt, der sich schamhaft eine Serviette vor seine Genitalien hält und monoton den Satz wiederholt: »Bitte, kann das unter uns bleiben?«

Mit »unter uns« meinte er sicher auch mich, aber vor allem die junge Beamtin und einen Hauptkommissar des Drogendezernats, die ebenfalls anwesend waren. Kommissar Schumann kannte ich von einem früheren Fall. Er hatte sich, als ich ins Zimmer kam, erstaunt zu mir umgedreht und gefragt: »Was willst du denn hier?«

Das »Du« war von einem sehr schönen Abend zurückgeblieben, den wir miteinander verbracht hatten. Ein gemeinsames Glas Wein, harmonischer Sex in seiner Wohnung, und als ich ging, hatte er gesagt: »Ich liebe dich.« In diesem Augenblick hatte es gestimmt. Nur in diesem Augenblick. Das wussten wir beide.

Wir waren uns danach nicht wieder begegnet. Bis zu diesem Moment. Ich wurde rot unter seinem Blick, weil mir einfiel, wie wir nackt miteinander getanzt hatten, wie ich es genossen hatte, seine wachsende Erregung zu spüren. Ich merkte, dass er an dieselbe Szene dachte. Sachlich werden, ermahnte ich mich. »Ist das Eva Rosskamp?« Ich hatte die schluchzende Frau angesehen.

»Ja. Und warum musst du das wissen?«

»Auftrag von ihren Eltern. Ich sollte sie finden. Vor dir. Hat leider nicht geklappt.«

»Tja, Pech gehabt. Wir haben das Hotel schon länger im Verdacht, ein besonders beliebtes Etablissement für gewisse Treffen zu sein. Aber hier geht es um mehr. Darf ich dir meine Kollegin Maria Schneider vom Rauschgiftdezernat vorstellen? Maria, das ist Sabine Reichert, eine sehr talentierte Detektivin.«

Warum betonte er das Wort »talentiert« so besonders und grinste dabei? Er wandte sich dem Mann zu, der seine monotone Litanei um den Satz erweitert hatte: »Ich werde mich auch erkenntlich zeigen«, und fuhr ihn an. »Halten Sie den Mund. Ziehen Sie sich endlich an und dann kommen Sie mit in mein Büro. Und Sie da auch.«

Jetzt erst registrierte ich, dass auf dem Bett noch eine junge Frau lag. Sie war ebenfalls nackt, lag auf der Seite und hatte uns den Rücken zugekehrt. Eine makellose Linie ihres Körpers. Ihre Haut war weiß und sie sah sehr jung aus. Langes, gelocktes tiefrotes Haar breitete sich auf dem Kopfkissen aus. Ein wunderschönes Bild. Der Aufruhr im Zimmer schien sie nicht zu interessieren. Sie rührte sich nicht, bis Schumann sie hart an der Schulter fasste und sagte: »He, aufwachen, anziehen und mitkommen.«

Das Anziehen musste mehr oder weniger die Beamtin übernehmen.

Völlig zugedröhnt, hatte ich gedacht. An ihr Gesicht kann ich mich nicht erinnern. Nur an ihre schlaffe Gestalt, die später in einem grünen Abendkleid steckte.

Als ich das Hotelzimmer hinter den anderen verließ, drehte Schumann sich kurz zu mir um und fragte: »Darf ich dich anrufen?«

Ich sagte nein und verspürte ein leises Bedauern.

Und nun ist diese Eva Rosskamp tot. Selbstmord oder vielleicht doch von dem Menschen mir gegenüber umgebracht.

»Warum glaubt die Polizei nicht an Selbstmord?«

»Die haben ein paar Fasern gefunden, an ihren Handgelenken. Die schließen daraus, dass sie gefesselt war. Es gibt auch ein paar Druckstellen, die sind wohl von mir. Ich habe sie bei unserem Streit kräftig am Arm gepackt und geschüttelt. Aber ich hab sie doch nicht umgebracht. Das muss jemand anders gemacht haben. Aber warum? Kriegen Sie das raus. Bitte.« Und flehentlich noch einmal: »Bitte!« Er wischt sich mit dem Handrücken übers Gesicht. »Mein Gott, wir hatten doch Pläne. Wir waren so glücklich.«

Ach, wie man sich da täuschen kann – aber das wird der junge Mann auch noch erfahren. »Wenn es Mord war – ich sage wenn –, kann Evas Vergangenheit nicht unwichtig sein. Was wissen Sie darüber?«

Er scheint irritiert. »Wieso soll die Vergangenheit eine Rolle spielen? Die war für uns kein Thema. Ich weiß nur, dass sie zu ihren Eltern keinen Kontakt mehr hatte.«

»Und Sie haben nie gefragt, warum nicht? Und was sie gemacht hat, bevor Sie sich kennenlernten, wollten Sie auch nicht wissen?«

»Nein. Interessierte mich nicht. Mir war die Gegenwart wichtig. Und die Zukunft.« Es scheint, als horche er dem Wort Zukunft eine Weile nach. Dann legt er den Kopf auf seine Arme auf dem Tisch, und ein heftiges Weinen schüttelt ihn. Der Wärter macht einen Schritt auf ihn zu, doch ich hebe abwehrend die Hand. »Bitte. Einen Moment.«

»Um noch einmal auf den Mittwochabend zurückzukommen«, schaltet sich Tanja ein. Sie schaut mich an und zuckt mit den Schultern. Sollte wohl heißen: Schließlich muss es ja irgendwie und irgendwann weitergehen. »Können Sie uns Namen, Adressen und die Telefonnummern nennen, von denjenigen, mit denen Sie am Mittwochabend im Deep Blue waren?«

Reiner von Espen hebt den Kopf, holt ein Taschentuch aus seiner Hosentasche und putzt sich geräuschvoll die Nase. »Entschuldigung. Die kenn ich nicht. Bis auf die von Stefan Mehnert natürlich. Mit ihm bin ich schon länger befreundet. Wir haben ja auch geschäftlich miteinander zu tun.«

»Was heißt länger?«

»Anderthalb Jahre etwa. Durch ihn habe ich Eva

kennengelernt. Sie jobbte hin und wieder für ihn, so wie ich auch. Sie haben vor Berlin beide an der Uni Frankfurt studiert, sind sich hier wieder begegnet. Die Freundin von Stefan heißt Annette Heisig. Von den anderen kenne ich nur die Vornamen. Margot und Melanie, ein Lesbenpaar, und dann sind da noch Christof und Lara. Christof war an dem Abend das erste Mal dabei.«

»Und Näheres wissen Sie über diese vier nicht?«

»Nein. Das sind Stefans Freunde. Und so oft haben wir uns nicht getroffen. Meistens waren Eva und ich nur mit Stefan und Annette zusammen. Mit Stefan natürlich besonders wegen unserer gemeinsamen Projekte. Vielleicht weiß Sven, der Barkeeper im Deep Blue, mehr. Die sind da alle seit Ewigkeiten Stammgäste.«

»Dann müssen wir wohl heute Abend dahin«, entscheidet Tanja.

Womit sie ohne Zweifel recht hat. Sicher wäre es gut, Susanne mitzunehmen. Sie ist dort ebenfalls Stammgast und ihr gegenüber ist dieser Sven vielleicht redefreudiger.

Und so sitzen wir denn diesmal zu dritt an der Theke. Susanne hatte mit einem schrillen Schrei geantwortet, als ich sie angerufen hatte, und war mehr als bereit gewesen, mir zu helfen.

Ihr Auftritt war bühnenreif: Sie rauschte in das

Lokal mit großer Geste, breitete die Arme weit aus und rief: »Hier bin ich. Dein getreuer Watson ist zur Stelle.«

Sie hatte wohl vergessen, dass sie sich vor vier Tagen über unsere gemeinsamen dilettantischen Bemühungen in der Vergangenheit lustig gemacht hatte.

Tanja quittierte Susannes Bemerkung mit ihrer linken Augenbraue, während bei Susanne beide Brauen in Bewegung gerieten, als ich ihr Tanja, die sich für den Abend wieder in Tanja verwandelt hat – Minirock, löchrige Strumpfhosen, Rastazöpfchen und sämtliche Piercings – mit den Worten vorstellte: »Meine Assistentin.«

Ihr Lächeln war etwas bemüht, doch sie schaltete blitzschnell um und drückte Tanja an ihre weiche Brust. »Und ich bin Susanne. Sabines längste und beste Freundin.«

Ja, wenn sie das meint.

Sie schwang sich auf den Barhocker und zwinkerte dem Barkeeper zu. »'n Abend, Sven.«

»Also, Ladys, das gleiche Programm wie am Mittwoch?«, sagt er jetzt. Dieser Sven versteht seinen Job, er hat ein gutes Gedächtnis.

»Vielleicht in etwas reduzierterer Ausgabe. Ich hatte so meine Mühe am nächsten Morgen. Du sicher auch.« Susanne stupst mich in die Seite. »Und du, Tanja? Was nimmst du?«

Tanja schaut skeptisch auf die Gläser mit der giftgrünen Flüssigkeit, die auf die Theke gestellt werden. »Damit kann man mich jagen. Gibt's auch ein Bier in dem Schuppen?«

»Klaro.«

Ich will mich in meiner Funktion nicht zu erkennen geben, das hatte ich mit Susanne am Telefon vereinbart. Deshalb überlasse ich ihr die Gesprächsführung.

Nicht schlecht, wie sie ihrer persönlichen Betroffenheit Ausdruck gibt, wie sie die Frage, ob Sven an Selbstmord glaube oder nicht, als ihr ganz eigenes Interesse hinstellt.

Sie bezieht Tanja und mich in ihr Rollenspiel mit ein, indem sie uns das bislang vermeintlich unbekannte schreckliche Ereignis ausführlich erzählt. Tanjas Entsetzen wirkt glaubhafter als meins.

»Du hast doch einen guten Blick, Sven«, schmeichelt ihm Susanne. »Ist dir in der letzten Zeit etwas Besonderes aufgefallen?«

Sven putzt gedankenverloren ein Glas, dann wendet er sich mir zu. Mit einer Miene, als wolle er mich in einen verschworenen Geheimbund aufnehmen, sagt er: »Ich erlebe täglich etwas Besonderes. Was hier alles hereinkommt … Typen, sag ich dir. Die siehst du nicht jeden Tag. Und jeder von denen hält sich für außergewöhnlich. Aber am schwersten sind die zu ertragen, die sich für gar nichts halten und dir das stundenlang vorjammern. Glaub mir, für diesen

Job brauchst du ein dickes Fell und eine gute Portion Optimismus, sonst würdest du an der Menschheit verzweifeln.«

»Ist ja schon gut, Sven, wir wissen, dass du ein schweres Leben hast«, unterbricht ihn Susanne. »Aber hast du in deiner Laufbahn schon mal einen Stammgast durch Mord verloren?«

Endlich scheint das Glas zu seiner Zufriedenheit poliert zu sein. Er stellt es ab, denkt nach und sagt: »Nee.«

»Siehst du. Und deshalb ist der Laden heut Abend brechend voll. Es gruselt sich so schön, wenn man weiß, das Opfer hat zwei Stunden vor seinem Tod noch hier gesessen und lustig mit Freunden gebechert. Und einer von denen soll ein Mörder sein. Keiner hat was geahnt und alles schien wie sonst. Normal eben. Oder?«

»Na ja.« Sven malträtiert ein neues Glas. »In gewisser Weise schon. Am Mittwoch war der komische Typ auch wieder da. Kam, kurz nachdem ihr gegangen seid.«

»Was für ein Typ?«

»Ein junger Kerl. War schon ein paarmal da. Redet nicht viel. Schaut sich um, als suche er jemanden. Manchmal geht er gleich wieder, manchmal bleibt er. Sitzt immer hier an der Theke und trinkt ein Glas Weißwein. Mittwochnacht hat er Eva ein Glas spendiert.«

Susanne wirkt wie elektrisiert, legt mir die Hand aufs Knie. »Dieser Eva Rosskamp? Kannte sie den?«

»Als ich ihr das Glas gebracht habe, meinte sie: ›Was soll das? Ich kenn den nicht.‹ Aber das gab es öfter, dass ihr ein wildfremder Mann einen Drink spendiert hat. So schön wie die war. Der Kerl hat ihr zugeprostet. Sie hat nicht drauf reagiert.«

»Wie sah der Typ aus?«

»Mein Gott. Unauffällig. Nicht zu groß, nicht zu klein. Schmales Gesicht, relativ jung. Er trug immer eine Baseballkappe und eine Sonnenbrille. Behauptete, er verträgt das Neonlicht nicht.«

»Und er ist dann wieder gegangen?«

»Ja. Kurz nachdem die von dem Tisch, an dem Eva saß, alle nach Hause sind. Hat das Geld auf den Tresen gelegt – rundet jedes Mal sehr großzügig auf, das muss ich sagen – und ist mit einem ›Adios‹ zur Tür raus.«

»Adios?«

»Ja. Aber Spanier war der nicht, auch kein Südamerikaner. Sprach ja akzentfrei Deutsch. Sonst hat er immer ›Bis zum nächsten Mal‹ gesagt. Diesmal: ›Adios‹ und ›Machen Sie's gut‹.«

»Klingt wie ein Abschied.«

»Kam mir auch so vor. Der war auch seither nicht mehr da.«

Ich warte auf den Moment, in dem sich der Barkeeper wundert, wieso Susanne hartnäckig bei diesem Thema bleibt und wie sehr sie ins Detail geht. Aber ihn scheint es nicht zu irritieren.

»Und den anderen am Tisch ist der auch aufgefallen?«

»Mein Gott, wem der aufgefallen ist und wem nicht, keine Ahnung. Reiner hat sich jedenfalls umgedreht und sich den Kerl angesehen. Sah aus, als hätte er große Lust, den zur Rede zu stellen. Aber Eva hat ihn beruhigt.«

»Kannst du uns die Namen von den anderen am Tisch nennen?«, schaltet sich Tanja ein. War auch überfällig. Mehr als eine halbe Stunde hat sie kein Wort gesagt. Damit hat sie einen persönlichen Rekord aufgestellt.

Nun ist Sven doch etwas irritiert. »Warum willst du das wissen?«

»Kriminalistische Neugier. Ist ein Hobby von mir.«

»Das musst du woanders ausleben. Ich bin für meine Verschwiegenheit berühmt.«

In dem Moment geht die Tür auf und Stefan Mehnert kommt herein, mit ihm das lesbische Paar, das ich am Mittwoch schon gesehen habe. Dass ich diesen Mehnert sowie Reiner von Espen später nicht erkannt habe, liegt schlicht und einfach daran, dass sie nebeneinander mit dem Rücken zu den anderen Gästen saßen. »Hessische Reihe« nennt man das in Frankfurt, wenn Männlein und Weiblein nicht paarweise am Tisch sitzen.

Stefan Mehnert stutzt, als er mich entdeckt, und verwandelt sich blitzschnell in den charmanten Verkäufer. »Das nenne ich eine freudige Überraschung, Sie hier zu treffen. Das erspart mir einen Anruf. Passt es Ihnen wie besprochen morgen Mittag? Gleicher Ort, gleiche Zeit?«

»Ich denke schon, sonst rufe ich Sie morgen früh noch an. Schließlich muss ich mich erst mit Frau von Espen verständigen, wie ich nun vorgehen soll.

»Gut. Aber bitte vor zehn.«

»Mach ich.«

Der »getreue Watson« wird mit einem abschätzenden Blick bedacht: potenzieller Kunde oder nicht? Tanja wird ebenfalls eingehend geprüft. Doch dieser Blick gehört zu einem anderen Aspekt des Lebens. Mit einem noch strahlenderen Lächeln als zu Anfang fordert er uns auf, ihn an seinen Tisch zu begleiten. »Was sollen Sie hier so alleine sitzen?«

Ist man, wenn man zu dritt ist, allein? Egal, Diese günstige Gelegenheit müssen wir wahrnehmen. Tanja schüttelt allerdings den Kopf. »Ich unterhalte mich noch ein bisschen mit Sven.«

Also legt Stefan Mehnert den rechten Arm um mich, den linken um Susanne und steuert auf seine Freunde zu. »Leute, rutscht zusammen, ich bringe nette Gäste mit.«

Die Freunde scheint das nicht zu interessieren. Sie beschränken sich auf ein kurzes Nicken, fahren dann in ihrem Gespräch fort und überlassen es Stefan Mehnert, Susanne und mich zu unterhalten. Selbstverständlich ist Evas tragisches Ende und der sträfliche Irrtum der Polizei, was Reiner betrifft, das Thema. Ich muss gar nichts tun, um das Gespräch dorthin zu lenken.

»Und, was hat uns dieser Abend nun gebracht?« Tanja liegt in der Badewanne und kaut genüsslich ein Schinkenbrötchen. Sie nuschelt: »Hm, ist der Schinken köstlich. An so ein Leben könnt ich mich gewöhnen. Wo war ich? Ach ja, was uns der Abend gebracht hat. Was etwaige Informationen über Evas Vergangenheit betrifft und ihr Leben vor Reiner – unterm Strich: null. Schmierst du mir noch ein Käsebrot oder ist das zu viel verlangt?«

»Eigentlich schon, aber wenn es dir beim Denken hilft.« Ich sitze im Bademantel auf dem Klodeckel und sehe mir die verschiedenen Köstlichkeiten auf dem Servierwagen an, der neben mir steht. »Camembert oder Gruyère?«

»Beides.«

Hätte ich mir denken können. Als wir gestern mitten in der Nacht ins Hotel gekommen waren, hatte Tanja alles Essbare in der Minibar – Chips, Salzstangen, Cracker, Schokolade – in Windeseile vertilgt.

»Wie haben dich deine Eltern eigentlich groß gekriegt?«, habe ich sie gefragt.

»Gar nicht. Hab keine. Nur eine Großmutter.«

»Und deine Eltern?«

»Kein Thema.«

Wie wenig ich doch von ihr weiß. Ich habe sie nie nach ihren privaten Verhältnissen gefragt. Geht mich nichts an, dachte ich. Distanzierte Sachlichkeit ist für ein Arbeitsverhältnis die beste Grundlage. Diese löste sich jedoch in dem Moment in Nichts auf, als Tanja heute Morgen verkündete: »Ich weiß, es ist ziemlich schräg, aber – halt mich nicht für verrückt –nun ja, ich frühstücke so gerne in der Badewanne.«

Sie hat mich auch aufgefordert, sich zu ihr in die Wanne zu setzen. Aber das habe ich abgelehnt – weniger um einen Rest von Geschäftsverhältnis zu simulieren, als vielmehr dadurch bedingt, dass man eine katholische Erziehung nicht so ohne Weiteres abstreift. Die Unbekümmertheit, mit der Tanja nackt in unserem Appartement herumläuft, macht mich eher verlegen.

»Also«, Tanja wackelt mit ihren Zehen, die wie Inseln aus dem Schaum herausragen, »gibt's noch einen Schluck Prosecco?«

Ich gieße ihr das Glas ein weiteres Mal voll.

»Danke. Das interessanteste Ergebnis des gestrigen Abends ist ohne Frage, erfahren zu haben, dass man über Sven an alle möglichen Drogen kommen kann.«

Damit ist Tanja in der Nacht ein echter Coup gelungen. Nachdem sie die Minibar geplündert hatte, griff sie in ihre Tasche und zog ein kleines weißes Tütchen hervor. »Hier hab ich noch ein besonderes Leckerli.«

Ich habe ein paar Sekunden gebraucht, um es zu begreifen. Dann fragte ich sie: »Ist es das, was ich vermute?«

»Ja. Eine nette Prise Kokain.«

»Von Sven?«

»Von Sven. Natürlich besorgt er so etwas nur ausnahmsweise und eigentlich hat er für das Zeug überhaupt nichts übrig. Aber als guter Barkeeper ist er ab und an gezwungen, selbst spezielle Wünsche seiner Gäste zu erfüllen.«

»Ist ja hochinteressant.«

»Finde ich auch«, meinte Tanja. Jetzt lässt sie heißes Wasser zulaufen und zeigt mit ihrem schaumbedeckten Zeigefinger in Richtung Servierwagen: »Ist das da Erdbeermarmelade?«

»Steht drauf.«

»Wenn du so freundlich wärst …«

Ich bin so freundlich.

»Vielleicht ging es ja bei dem Streit zwischen Eva Rosskamp und ihrem Reiner wirklich nicht nur um Hasch. Und er hatte genau den richtigen Riecher.«

»Kann sein. Drogen waren damals in dem Hotel ebenfalls mit im Spiel.«

»Auch Koks?«

»Ja.«

»Ist nicht gerade billig.«

»Eben.«

»Was hattest du noch mal mit der ganzen Sache zu tun?«

Ich erzähle ihr, wie Evas Eltern mich damals engagiert hatten, um herauszufinden, wieso sich ihre Tochter teure Markenkleider leisten konnte. »Das hat uns Reiner von Espen ja auch schon erzählt. Von ihrem monatlichen Taschengeld hätte sie die nicht bezahlen können. Sie wurde knappgehalten, damit sie den Wert des Geldes schätzen lernt. Ist wohl nicht so gelaufen, wie es geplant war.«

»Wie ist die Sache ausgegangen?«

»Wenn du volljährig bist, kann man dich nicht belangen, wenn du dich prostituierst, es sei denn wegen Steuerhinterziehung. Blieb noch die Frage mit den Drogen. Doch das war ja nicht mehr meine Angelegenheit. Ich war raus aus dem Geschäft. Das hatte mir Evas Vater unmissverständlich klargemacht. Ich habe nie wieder etwas von ihnen gehört. Was juristisch aus der Sache geworden ist, hat mich nicht interessiert. In der Zeitung habe ich auch nichts darüber gelesen. Aber ich bin keine eifrige Zeitungsleserin.«

»Vielleicht sollten wir deinen Kommissar mal anrufen. Der muss doch was wissen.«

»Was soll das heißen: mein Kommissar?«

»Ich meine ja bloß.«

Da klingelt mein Handy, o Gott, Paul. Ich hatte gestern versprochen, ihn noch einmal anzurufen und es völlig vergessen. Hastig springe ich auf, renne nach nebenan und greife nach meinem Handy, das auf meinem Nachtisch liegt, und drücke auf die Taste. »Entschuldige, Liebster, ich hab es gestern nicht mehr geschafft, dich anzurufen. Böse?«

Nach ein paar Sekunden des Schweigens antwortet eine sehr kühle Frauenstimme: »Entschuldigen Sie bitte. Hier ist das Sekretariat von Hambacher & Partner. Spreche ich mit Frau Sabine Reichert?«

Ich brauche ebenfalls ein paar Sekunden, um meinen Fauxpas zu begreifen – wieder einmal nicht aufs Display geguckt – und mich an ihren geschäftsmäßigen Ton anzupassen. »Ja.«

»Bitte verzeihen Sie, dass wir Sie so früh anrufen. Frau von Espen hat uns freundlicherweise Ihre Telefonnummer gegeben, weil Herr Dr. Seidlitz Sie möglichst schnell sprechen will. Darf ich durchstellen?«

»Ja, bitte.«

Wer ist Dr. Seidlitz?

»Seidlitz«, meldet sich eine ältere Männerstimme. Klingt sehr seriös. »Guten Tag, Frau Reichert. Ich bin der Verteidiger von Reiner von Espen und seine Großmutter hält es für unabdingbar, dass ich mit Ihnen spreche. Passt es Ihnen heute Nachmittag um 15 Uhr in der Kanzlei, Hambacher und Partner im Grüneburgweg?« Seinem Tonfall nach scheint er von diesem Wunsch nicht begeistert zu sein.

»Ja. 15 Uhr kann ich einrichten.«

»Ich danke Ihnen. Bis heute Nachmittag. Seien Sie bitte pünktlich.«

Aufgelegt. Knapper geht es wohl kaum. Ein bisschen höflicher hätte er schon sein können. Heute Nachmittag. Und vorher das Mittagessen mit diesem Stefan Mehnert. Dafür muss ich mir allerdings noch Direktiven holen.

Nach dem ersten Klingeln wird sofort abgehoben. »Ja, hier Henriette von Espen.«

»Sabine Reichert. Guten Tag.«

»Schön, dass Sie anrufen. Wie sieht es aus?« Die Stimme am anderen Ende der Leitung klingt zittrig. »Was können Sie mir sagen? Haben Sie mit Reiner gesprochen?«

»Ja.«

»Er war es nicht.«

»Den Eindruck habe ich auch.«

»Das beruhigt mich. Ich wusste, dass ich mich auf Sie verlassen kann.«

Dass ein Eindruck nichts über den wahren Tatbestand aussagt, lassen wir beide vorläufig beiseite.

»Und hat Herr Dr. Seidlitz Sie angerufen?«

»Ja. Wir haben uns für 15 Uhr verabredet. Vorher steht noch das Treffen mit Stefan Mehnert an. Wie soll ich da vorgehen?«

»Das überlasse ich Ihnen. Dafür kann ich mich im Moment mit dem besten Willen nicht interessieren. Helfen Sie meinem Jungen. Er hat es schon schwer genug im Leben gehabt, durch einen Unfall sehr früh seine Eltern verloren. Er war vier. Ich habe ihn großgezogen. Er ist alles, was ich habe, und ich bin alles, was er hat. Was war ich glücklich, dass er endlich ein Mädchen gefunden hatte, das er liebte und das ihn liebte. Er tat sich schwer mit Beziehungen. Wahrscheinlich die Angst vor Verlust durch diese bittere frühkindliche Erfahrung. Und jetzt muss das passieren. Entschuldigung, ich …« Ihre letzten Worte sind kaum zu verstehen. Sie weint.

»Ich werde tun, was ich kann«, verspreche ich ihr.

»Das weiß ich. Es erleichtert mich, dass Sie sich der Sache annehmen. Danke.«

Belastend, so viel Vertrauen entgegengebracht zu bekommen. Ich bleibe nachdenklich sitzen, das Handy noch in der Hand. Der Ausgangspunkt ist klar. Wenn dieser junge Mann es nicht war, und davon gehe ich aus, und es auch kein Selbstmord war, wovon die Polizei ausgeht, dann muss der Mörder in Evas Umfeld zu finden sein. Was also sind die nächsten Schritte? Zunächst das Mittagessen mit Stefan Mehnert. Soll ich hingehen oder ihn auf ein vages Später vertrösten? Oder ganz absagen? Um die Transfergeschäfte muss ich mich ja genau genommen im Augenblick nicht kümmern. Andererseits könnte ich die Gelegenheit nutzen, um beim Essen nachzubohren. Vielleicht fällt ihm doch noch etwas ein, was mich weiterbringt. Was er gestern im Deep Blue erzählt hat, war nicht sonderlich ergiebig.

Er sagte, dass Stefan Mehnert und Eva Rosskamp sich schon seit Anfang ihres Studiums in Frankfurt kennen. Sie habe ihn vor gut einem Jahr angerufen – sie waren in losem Kontakt geblieben – und ihm gesagt, dass sie nun auch in Berlin sei. Ob man sich mal sehen könne. Er verabredete sich mit ihr im Deep Blue. Bei dieser Gelegenheit lernte sie Reiner kennen und es war um beide geschehen. Sonst weiß niemand Genaueres. Lara, die Freundin von Christof, ist mit Annette Heisig im gleichen Seminar, kannte jedoch Eva nicht näher. Das lesbische Paar ist mit Lara befreundet, und Christof war an dem Abend zum ersten Mal in dem Laden. Von anderen Kontakten oder Freundschaften von Eva weiß Stefan nichts. Sie habe sich an dem Abend nicht anders als sonst verhalten. Über irgendwelche Ängste habe sie ebenfalls nicht gesprochen.

Auch Susanne, die sich bei den anderen am Tisch erfolgreich einklinkte, konnte nichts Neues beisteuern. Eva Rosskamp gab es nicht als eigenständige Person. Zumindest nicht in der Clique aus dem Deep Blue. Hier existierte sie nur in der Personalunion: Eva und Reiner – sieht man mal von dem Kontakt zu Stefan Mehnert ab. Eva sei generell zurückhaltend gewesen, hätte wenig von sich preisgegeben.

Ich bin dieser jungen Frau in einem ganz anderen Abschnitt ihres Lebens begegnet. Es würde mich jetzt doch interessieren, wie die Sache damals ausging, welche Folgen sie für Eva Rosskamp hatte und was sie zwischen jenem Abend im Hotel bis zur Aufnahme ihres Studiums in Berlin getrieben hat. Da muss ich wohl bei den Eltern anfangen. Einen anderen Bezugspunkt habe ich augenblicklich nicht. Ich könnte ja Tanjas Rat befolgen und »meinen« Kommissar mal anrufen. Er muss mehr wissen. Nach so langer Zeit wird er in der Kontaktaufnahme kaum etwas anderes sehen können als mein berufliches Interesse, den aktuellen Fall zu lösen. Ob er noch im gleichen Dezernat ist? In meinem Handy ist seine Dienstnummer noch gespeichert.

Vielleicht könnte sich meine fähige Sekretärin darum bemühen, die Details zu klären, während sie sich anzieht.

Ich betrachte Tanja, die mit geschlossenen Augen nach wie vor in der Wanne liegt. Kopfhörer im Ohr, ohne ihre weiße Maske im Gesicht, ihre Haut fleckig, voller Aknenarben. Bis heute Morgen hatte ich Tanja noch nie ungeschminkt gesehen.

Es berührt mich seltsam zu erkennen, dass dieser Grufti-Look nicht einfach eine modische Vorliebe ist, sondern dass sie sich hinter der dick aufgetragenen weißen Schminke versteckt und durch die schwarz umrandeten Augen die Aufmerksamkeit auf das ihrer Ansicht nach wohl einzig Attraktive in ihrem Gesicht lenkt.

Ich tippe ihr auf die Schulter. »Tanja! Aufwachen. Arbeiten! Geld verdienen!«

Ich höre eine leises »Schade.«

Kurz darauf kommt Tanja in ein Badetuch gewickelt zu mir ins Zimmer. Den leeren Servierwagen schiebt sie vor sich her. Es ist nicht ein einziges müdes Salatblättchen übrig geblieben. »Das war ein wunderbarer Morgen, Sabine. Ich danke dir.« Sie lässt den Wagen stehen und verschwindet pfeifend nach nebenan.

»Kannst du dich etwas beeilen? Ich bestelle uns ein Taxi. Es soll uns in zehn Minuten abholen.«

»Warum nehmen wir nicht die U-Bahn?« Pause. »Ach so. Ja, natürlich. Hatte ich vergessen.«

Zu meiner Verwunderung muss ich feststellen, dass ich seit gestern Abend nicht mehr an die beängstigenden Vorfälle gedacht habe. Ich schaue mich im Zimmer um, kann nichts Irritierendes entdecken. Wie es scheint, ist alles wie vorher. Kein geheimnisvoller Besucher, der meine Tasche gepackt oder meine Kleider aufgeräumt hat. Meine Schuhe liegen beide vor meinem Bett. Es gab in der Nacht keine beunruhigenden Geräusche im Flur. Hat mein Verfolger die Sache aufgegeben? Ist er zurzeit mit etwas anderem beschäftigt? Oder muss ich Paul doch recht geben und es ist alles nur Einbildung? Das erinnert mich wieder daran, dass ich ihm eine kurze Nachricht schreiben wollte. Vielleicht macht er sich Sorgen? Aber er weiß ja, dass Tanja bei mir ist. – Er hält das für keine gute Idee. Da bin ich ganz anderer

Meinung. Ich schreibe ihm: »Komme heute Abend wahrscheinlich nach Hause. Ich freu mich auf dich. Kochst du für mich?«

Aus dem Nebenzimmer tönt die Frage: »Wie willst du mich denn heute?«

»Seriös.«

»Ungern. Aber bitte.«

»Und vergiss nicht, für Stefan Mehnert bin ich Jutta Riemann.«

»Werde dran denken.«

Das frisch maskierte Gesicht schaut um die Ecke des Türrahmens – erstaunlich, wie schnell sie das schafft. »Sonst noch irgendwelche Direktiven für mich?«

»Wenn ich das wüsste. Ich denke, ich bleibe erst mal in meiner Rolle der investitionsfreudigen Erbin. Wenn ich auch keine Ahnung habe, wie ich dann auf das Thema Eva Rosskamp kommen kann, ohne mein wahres Interesse zu verraten.«

»Überlass das mir. Ich hab da eine Idee.«

»Es wäre mir wohler, du würdest mir sagen, welche.«

»Mir auch.« Tanja betritt das Zimmer: »Acht Minuten! Ich bin fertig.«

Die Verwandlung ist verblüffend. Die Rastazöpfchen und der Panther im Sprung sind verschwunden. Ihren Kopf bedeckt nicht nur die schwarze Baskenmütze, sondern zudem eine modische blonde Kurzhaarperücke. Ihr dickes Make-up hat diesmal einen nahezu natürlichen Ton. Sie trägt wieder den schwarzen Hosenanzug.

»Erstaunlich, was du so alles in deiner Tasche hast.«

»Für alle Eventualitäten gerüstet.«

Stefan Mehnert sitzt bereits am Tisch, als wir das Restaurant betreten. Sein Vertreterlächeln gelingt ihm nicht so gekonnt wie bei unserem ersten Zusammentreffen. Er scheint etwas irritiert, dass ich in Begleitung bin. Offensichtlich bringt er Tanja nicht mit der jungen Frau in Verbindung, die gestern Abend an der Theke vom Deep Blue saß.

Ehe ich reagieren kann, stürmt Tanja mit ausgestreckten Händen auf ihn zu. »Sie müssen Stefan sein. Eva hat viel von Ihnen erzählt. Was für ein wunderbarer Mensch Sie sind. Ich bin sehr froh, Sie endlich persönlich kennenzulernen. Wenn ich mir dafür auch einen weniger traurigen Anlass gewünscht hätte. Reiner kann sich glücklich schätzen, Sie zum Freund zu haben. Vor allem in dieser schweren Zeit.«

Sie nimmt seine hilflos in der Luft stehen gebliebene Rechte zwischen ihre Hände, schaut ihn mit tränenverschleiertem Blick an, schluchzt bühnenreif auf: »Mein Gott, wie furchtbar«, und wirft sich an seine Brust. Über ihren Kopf hinweg schaut er mich ratlos an. Ich versuche möglichst unbeteiligt zu wirken, habe aber große Mühe, ein Lachen zu unterdrücken. Ein bisschen dick aufgetragen. Ob er ihr das abkauft?

Tanja löst sich von ihm und sagt: »Entschuldigung. Ich bin Sonja, eine Cousine von Eva. Sie hat Ihnen sicher von mir erzählt. Wir waren wie Schwestern. Ihre Eltern – ganz wunderbare Menschen, übrigens, ganz wunderbar – haben mich geschickt, damit ich alles für die Überführung regele. Sie wären natürlich lieber selbst gekommen. Aber meine Tante hatte einen Nervenzusammenbruch, als sie die Nachricht vom Tod ihrer Tochter erhielt. Verständlich, nicht wahr? Mehr als verständlich. Und deshalb kann mein Onkel sie natürlich nicht alleine lassen. Also haben sie mich gebeten, ihnen diesen schweren Gang abzunehmen. Selbstverständlich habe ich mich sofort dazu bereit erklärt. Wozu hat man sonst Verwandte, wenn sie in der Not nicht für einen da sind? Sie erlauben doch?« Tanja sinkt gekonnt melodramatisch angehaucht auf den Stuhl links von Stefan Mehnert. »Ja, da bin ich also. Stellen Sie sich vor, treffe ich doch rein zufällig Jutta an der Rezeption des Hotels. Wir kennen uns schon länger, haben hin und wieder geschäftlich miteinander zu tun.« – Das ist nicht einmal gelogen. – »Als ich hörte, dass sie sich mit Ihnen zum Mittagessen trifft, musste ich mich ihr gleich anschließen.«

Während dieser Redeflut, in der sie kaum Atem holt, hat Tanja es geschafft, nebenher auch noch die Speisenkarte durchzublättern. Denn als jetzt der Kellner an den Tisch tritt, sagt sie übergangslos: »Ich hätte als Vorspeise gerne den Krabbensalat, danach das Filetsteak – englisch, bitte –, gemischtes Gemüse und zum Nachtisch eine Crème brulée. Dazu einen Chardonnay und eine kleine Flasche Mineralwasser mit Kohlensäure.« Anschließend wendet sie sich wieder Stefan Mehnert zu: »Was für eine Tragödie. Das einzige Kind auf diese Weise zu verlieren. Sie haben sie abgöttisch geliebt.«

»Ich hatte eher den Eindruck, dass Eva zu ihren Eltern kein sonderlich gutes Verhältnis hatte.«

Tanja weicht scheinbar entsetzt zurück. »Wie können Sie das behaupten? Hat Eva das gesagt?«

»Reiner hat mal so etwas erwähnt. Dass Sendepause herrscht. Die Eltern hatten wohl bestimmte Vorstellungen, wie ihre Tochter sich zu verhalten hatte – und die stimmten mit ihren nicht überein. Es gab da angeblich mal einen Vorfall. Genaueres weiß ich nicht. Sie wollte nicht darüber reden.«

»Ach, das meinen Sie. Kinderkram. Ein Akt der pubertären Revolte.«

Der Kellner, der immer noch neben uns steht, hüstelt diskret. Tanja gibt Stefan wenigstens die Chance, sich einen Salat zu bestellen, und ich nutze die Gelegenheit, eine Suppe zu ordern. Anschließend geht es sofort weiter.

»Haben Sie denn Eva einmal darauf angesprochen?«

»Nein, nein. Natürlich nicht.«

»Warum nicht?«

»Mein Gott, es interessierte mich nicht besonders. Sie war Reiners Freundin. Was ging mich das an?«

Tanja schaut ungläubig und lässt ihre Augenbraue tanzen, was Stefan Mehnert offensichtlich fasziniert.

»Können Sie das bitte noch mal machen?«

»Was denn?«

»Das mit ihrer Augenbraue.«

Scheinbar irritiert streicht Tanja sich über die Stirn. »Ich weiß nicht, wovon Sie sprechen.«

Der Kellner bringt die Getränke und einen kleinen Korb mit verschiedenen Brötchen. Während er einschenkt, hat Tanja sich bereits bedient. »Hm. Köstlich. Die müssen Sie unbedingt probieren. Mohnbrötchen. Die mochte Eva besonders gern. Ach, lassen Sie uns auf sie anstoßen. Es ist einfach zu traurig. Wir haben alle einen großen Verlust erlitten. Reiner, ihre Eltern, ich und natürlich auch Sie. Sie haben nicht nur eine wertvolle Mitarbeiterin verloren, sondern zudem eine enge Freundin.«

»Nun, wirklich eng befreundet waren wir nicht. Privat hatten wir wenig miteinander zu tun. Sie hat gute Arbeit geleistet und mehr interessierte mich nicht.«

»Aber Sie kannten sie doch lange Zeit. Da erzählt man sich ja das ein oder andere. Zum Beispiel was in der Zwischenzeit alles passiert ist, seit man sich das letzte Mal gesehen hat.«

»Eva nicht. Darüber hat sie nie gesprochen. Sie war überhaupt sehr verschlossen.«

»Eva und verschlossen? Das sieht ihr gar nicht ähnlich. Im Geschichtenerzählen war sie kaum zu bremsen. Sie hatte ja auch einen reichhaltigen Schatz, aus dem sie schöpfen konnte. Wir haben in unserer Kindheit einiges angestellt. Und in unserer Jugend erst. Ich könnte Ihnen Dinge erzählen …«

Man sieht Stefan Mehnert an, dass er alles Mögliche möchte, nur das nicht. Er wirkt immer verzweifelter und wagt einen schüchternen Versuch: »Eigentlich sind wir doch aus einem anderen Grund hier. Frau Riemann …« Weiter kommt er nicht.

»Ich frage mich, was passiert ist, dass Eva sich so verändert hat. Es muss etwas Gravierendes geschehen sein. Wenn ich da an unsere Schulzeit denke … Wir waren ja in derselben Klasse.«

Ob sich Tanjas Nachbar zur Linken die Mühe machen wird, diesen ganzen Lügengeschichten auf den Grund zu gehen? Wahrscheinlich nicht. Nach diesem Mittagessen wird der Name Eva Rosskamp für ihn ein Reizwort sein.

Erst als die Vorspeise serviert wird, darf er aufatmen. Ein Moment der Ruhe stellt sich ein. Leise untermalt von dem Klimpern von Tanjas Löffelchen, mit dem sie genussvoll den Krabbensalat bearbeitet. Stefan Mehnert wirft ihr einen kurzen Blick zu, zögert, als hätte er Angst, ein Wort von ihm könne eine neue Redeflut auslösen, und atmet erleichtert aus, als es ihm gelingt, störungsfrei die Frage an mich zu richten: »Haben Sie denn inzwischen meine Unterlagen prüfen können?«

Zu einer Antwort lässt Tanja es jedoch nicht kommen. »Köstlich!« Sie schiebt die letzte Krabbe in den Mund und lehnt sich aufatmend zurück. So schnell, wie sie spricht, so schnell isst sie auch. Ein perfekt gespieltes Schaudern läuft über ihren Körper und mit einer Stimme, die in einem abgrundtiefen Seufzer erstirbt, sagt sie: »Erhängt!«

Dann beugt sie sich vor, legt ihre Hand auf Stefan Mehnerts Unterarm, hält ihn fest und lässt ihm keine Chance, ihn zurückzuziehen. Was er ohne Zweifel vorhatte. »Ich muss ständig an ihren schrecklichen Todeskampf denken. Du nicht? – Ich darf doch Du sagen, Stefan. Mir ist, als würde ich dich schon lange kennen. – Wie das wohl ist, wenn sich die Schlinge zuzieht und der Druck auf die Kehle immer stärker wird. Wird man eigentlich zuerst ohnmächtig, bevor man erstickt?«

Er wirft mir einen flehenden Blick zu. Ich lächele entschuldigend. Ich weiß, Tanja kennt keine Gnade.

»Egal. Schrecklich ist es auf jeden Fall. Wie lange das wohl dauert, bis man tot ist? Was meinst du?«

Stefan wedelt mittlerweile wahrhaft verzweifelt mit den Armen, um den Kellner auf sich aufmerksam zu machen. Der naht dienstbeflissen und sagt: »Ihr Salat kommt sofort, Herr Mehnert.«

Zu Stefan Mehnerts Glück balanciert er auf seiner Rechten den Teller mit Tanjas Filetsteak und auf der

Linken das gemischte Gemüse. Was diese verstummen lässt und zu einem genüsslichen Schmatzen animiert. Sie greift zu Messer und Gabel und widmet sich ihrem duftenden Essen. Das gibt ihrem gequälten Nachbarn die Gelegenheit, sich zu entziehen.

»Tut mir leid, Konrad, stornieren Sie bitte den Salat.« Mit demonstrativem Blick auf seine Armbanduhr sagt er: »Ich habe gleich einen wichtigen Termin. Bei unserem netten Gespräch habe ich ganz die Zeit aus den Augen verloren.« Er steht auf, verbeugt sich knapp vor Tanja und streckt mir seine Hand entgegen. »Jetzt haben wir gar nicht über unsere Geschäfte gesprochen, Frau Riemann. Können wir uns morgen erneut treffen und in aller Ruhe miteinander reden?«

»Morgen? Tut mir leid, ich benötige noch etwas Zeit, möchte mich auch gerne mit einem Sachverständigen beraten. Ich werde Sie anrufen, wenn ich mich entschieden habe. Dann können wir einen neuen Termin vereinbaren.«

Tanja spießt ein letztes Stück Fleisch auf ihre Gabel und gestikuliert damit herum. »Da möchte ich unbedingt dabei sein. Ich interessiere mich leidenschaftlich für Geldgeschäfte. Ein faszinierendes Metier. Pennystocks finde ich besonders aufregend. Haben Sie die in Ihrem Programm?«

Das gewinnende Vertreterlächeln von Stefan Mehnert weicht einem höchst wachsamen Ausdruck. »Sind Sie auch in dieser Branche tätig?«

»Ich? Um Himmels willen, nein! Wenn ich nur all diese Ausdrücke höre, wird mir schon schwindelig.« Mit der Gabel, die immer noch nicht den Weg in Tanjas Mund gefunden hat, zeigt sie auf mich.

»Weißt du, Jutta, der gehandelte Preis der Aktie bei Pennystocks ist gering, in der Regel unter fünf Euro. Niedrige Marktkapitalisierung und geringes Handelsvolumen bieten Manipulationschancen und fördern die Volatilität des Kurses. Das Gewinnpotenzial ist als sehr hoch einzuschätzen. Das Verlustrisiko allerdings auch. Also bring dein Geld lieber zur Sparkasse.«

Endlich erreicht das Stück Fleisch seinen Bestimmungsort. Tanja kaut heftig. Und schaut Stefan Mehnert unschuldig an. Der hat offensichtlich nur einen Gedanken: nichts wie weg hier. Er schafft es noch, knapp zu nicken, und verlässt fluchtartig das Lokal. Zu einem weiteren Gespräch wird es wohl nicht mehr kommen.

»Dem hast du es aber gegeben.«

»Ich kann solche Typen nicht leiden. Wenn du mich fragst, Frau von Espen sollte ihr Tradinggeschäft rückgängig machen.« Sie winkt dem Kellner zu. »Kann ich bitte noch etwas Gemüse haben?«

8.

»Das ist ja fett!« sind die einzigen Worte, die Tanja in der nächsten halben Stunde sagt, sieht man einmal von den Grußformeln »Guten Tag« und »Auf Wiedersehen« ab. Das liegt weniger daran, dass sie ihr Tagessoll an Worten beim Mittagessen bereits verbraucht hat, sondern vielmehr daran, dass die Villa, in der die Sozietät Hambacher & Partner residiert, wirklich beeindruckend ist. Links und rechts wird das Gebäude von Türmchen flankiert, die eine kleine kupferne Kuppel krönt. Im zweiten Stock verläuft über die gesamte Breite der Vorderfront eine Balustrade mit kunstvoll geschmiedetem Rankengitter. Zur massiven Eingangstür führen vier breite Stufen. Im Mauerwerk über der Tür gibt es ein Relief, ein Strahlenkranz mit einem Frauenkopf im Zentrum, dessen Mund wie zum Schrei geöffnet ist. Reinster Jugendstil.

Zwar ist diese viel üppiger, dennoch erinnert mich die Villa an das Haus meiner Tante. Auch hier gibt es eine schwere Eichentür mit kunstvollen Schnitzereien und einen grünlich schimmernden Löwenkopf als Türklopfer. Als Kind fand ich dieses eiserne Maul mit dem Ring durch die Nase sehr eindrucksvoll. Ich freute mich jedes Mal, wenn mein Vater und ich vor der Tür standen und er mich aufforderte: »Feste schlagen.« Ich habe das Geräusch bis heute deutlich im Ohr.

An dieser Tür ist er allerdings wohl mehr zur Zierde gedacht, denn auf der rechten Seite des Portals gibt es ein blank gewienertes Messingschild mit Klingelknopf, ohne Namen. Als ich auf den Knopf drücke, ertönt ein melodisches Läuten.

Eine Frau, deren Alter ich schwer einschätzen kann – irgendwo zwischen 30 und 50 –, öffnet die Tür. Sie trägt ein graues Kostüm mit doppelt geknöpfter Jacke und eine hochgeschlossene hellblaue Bluse. Ihre Frisur ist ein glänzender schwarz lackierter Helm. Sie muss ein besonderes Haarspray benutzen. Kein Härchen wagt sich hervor.

Auf ihr »Guten Tag, bitte treten Sie ein« bin ich versucht »Jawohl, Herr General« zu antworten. Das liegt nicht nur an ihrem scharfen Tonfall, sondern auch an den Achselklappen, die ihre Schultern zieren.

»Wenn Sie bitte Platz nehmen wollen.« Die Sekretärin, Empfangsdame oder Haushälterin – was immer sie ist – öffnet eine Tür und weist in ein großes helles Zimmer, dessen hohe Fenster auf einen wunderschönen Garten hinausgehen. »Herr Dr. Seidlitz kommt sofort.«

Ich bin in der Eingangshalle stehen geblieben, seltsam berührt von dem Jugendstilfenster auf der rechten Seite. Im Rundbogen oben ranken Schlingpflanzen mit leuchtenden Fantasieblüten, deren Blätterwerk sich nach unten über die dreiteiligen Fenster erstreckt. Die Sonne, die durch das Fenster fällt, wirft vielfarbige Muster auf den schwarz-weiß gekachelten Boden. Meine Tante hatte ähnliche Fliesen in der Eingangshalle ihres Hauses und ein Buntglasfenster. Als Kind habe ich oft mit den Schattenbildern gespielt.

Ein älterer, leicht gebeugter Herr kommt die Treppe auf der linken Seite herunter, die sich mit ihrem blütenverzierten Geländer im eleganten Bogen bis zum ersten Stockwerk schwingt. Man könnte meinen, Alec Guinness sei in seiner Rolle als Earl von Dorincourt aus »Der kleine Lord« zu den Lebenden zurückgekehrt, allerdings in der Phase, als der kleine Junge sein Herz noch nicht erweicht hatte. Genauso streng schaut er mich an.

Er trägt keine Brille, seine Augen schimmern wässrig blau, rot gerändert. Doch der Blick ist fest und direkt.

Farblich sind er und seine Angestellte aufeinander abgestimmt. Grauer Anzug, hellblaues Hemd und blaugrau melierte Krawatte. Sein weißes Haar ist links gescheitelt, die Frisur akkurat, wie mit dem Lineal gezogen. Ob er das gleiche Haarspray wie sie benutzt? Die Hand, die er mir entgegenstreckt, ist rau und trocken.

»Danke, dass Sie so rasch herkommen konnten.« Er deutet einen Handkuss an, was ihm bei Tanja misslingt, da sie erschrocken ihre Hand wegzieht und ihm durch die abrupte Bewegung einen kräftigen Nasenstüber versetzt. Er verzieht keine Miene.

Er geht an seiner Mitarbeiterin vorbei, die noch immer mit ausgestrecktem Arm im Türrahmen, steht, und sagt: »Danke, Frau Buchner. Ich brauche Sie heute nicht mehr.« Die Tür schließt sich nahezu geräuschlos hinter ihr.

Dr. Seidlitz setzt sich hinter seinen Schreibtisch, ein mächtiges Möbel, das den Raum beherrscht, und weist auf die beiden Sessel ihm gegenüber. »Bitte nehmen Sie Platz.«

Geschickte Anordnung, denke ich. Er sitzt mit dem Rücken zum Fenster, sein Gesicht ist im Schatten, während uns beide das volle Licht trifft. Er legt seine Hände vor sich auf den Tisch und betrachtet seine gepflegten Fingernägel. Dann hebt er den Kopf und sieht mich an. »Um es kurz zu machen: Ich sehe keinen rechten Sinn in Ihrem Besuch hier in Berlin. Worin soll der Nutzen Ihrer Tätigkeit bestehen?«

»Frau von Espen hat mich engagiert, weil sie an die Unschuld ihres Enkels glaubt. Ich soll helfen, das zu beweisen.«

Ein süffisantes Lächeln kräuselt die schmalen Lippen. »Ich gehöre zu der Generation, die den Anwalt für die einzig richtige Person hält, die Unschuld seines Mandanten zu beweisen. Meine verehrte alte Freundin ist meiner Meinung nach in ihrer nur zu gut verständlichen Sorge um ihren Enkel mit Ihrem Engagement etwas voreilig gewesen. Wenn Sie mich nach meiner Einschätzung fragen: Auch ich halte Reiner von Espen für unschuldig. Ich bin fest davon überzeugt, dass es Selbstmord war. Die Indizien für Fremdeinwirkung sind zu dünn.«

»Hatten Sie schon Akteneinsicht?«

»Nein. Das soll in den nächsten Tagen geschehen. Ich hatte aber bereits ein kurzes Gespräch mit dem ermittelnden Beamten. Zurzeit arbeite ich gerade an dem Antrag, der für meinen Mandanten Haftverschonung gegen Stellung einer Kaution verlangt.«

»Könnten Sie mir vielleicht ein Gespräch mit diesem Beamten vermitteln?«

Schaut er mich streng oder eher tadelnd an? Im Gegenlicht ist das nicht zu erkennen. Seine Antwort dagegen fällt klar und deutlich aus: »Das werde ich auf gar keinen Fall tun. Ich wiederhole: Ich sehe keinen Nutzen in Ihrer Tätigkeit. Ich habe Sie nur hergebeten, um das klarzustellen.«

Er wirft einen schrägen Blick auf Tanja. Es scheint ihn zu irritieren, dass sie stumm neben mir sitzt und ihn ununterbrochen anstarrt. Er scharrt leicht nervös mit den Füßen und richtet einen Papierstapel, der exakt im rechten Winkel vor ihm liegt, versuchsweise noch gerader aus. »Mir ist zugetragen worden, dass Sie Eva Rosskamp vor schätzungsweise zwei Jahren begegnet sind. Ist das richtig?«

Interessant. Wer mag ihm das zugetragen haben? »Ja. Das ist richtig. Ihre Eltern hatten mich beauftragt, sie zu finden.«

»Was Ihnen nicht gelungen ist.«

»Das nun wiederum ist so nicht ganz richtig. Es ist mir nicht gelungen, sie schnell genug zu finden.«

Schon wieder dieses Scharren unterm Tisch und das Fingern an diesem Papierstapel. »Sie haben nicht etwa vor, in dieser alten Geschichte herumzustochern?«

»Herumstochern möchte ich das nicht nennen. Im Falle eines Mordes könnte Evas Vergangenheit durchaus von Interesse sein.«

»Hören Sie nicht zu? Es war Selbstmord. Ich untersage Ihnen ausdrücklich ...« Er unterbricht sich. »Ich weiß, dagegen habe ich keine Handhabe. Aber ich bitte Sie inständig – auch in Ihrem eigenen Interesse –, lassen Sie bei Ihren Recherchen die Familie Rosskamp aus dem Spiel. Sie hat genug durchgemacht.«

»Wie könnte ich? Eva ist tot. Und es gilt, die Umstände ihres Todes aufzuklären.«

Dr. Seidlitz steht auf. »Ich halte die Unterredung für beendet. Denken Sie gut über meine Bitte nach. Sie haben in unseren Kreisen einen ausgezeichneten Ruf. Den wollen Sie doch nicht aufs Spiel setzen?«

»Gehört Familie Rosskamp auch zu Ihren Kreisen?«

Er zuckt bei Tanjas Frage sichtlich zusammen, anscheinend verwundert, dass diese bisher stumme Person doch zu einer Äußerung fähig ist. »Der Großvater von Eva Rosskamp ist ein Studienkollege von mir. Wir sind bis heute eng befreundet. Meine Damen, wenn ich Sie bitten dürfte?«

Er geleitet uns zur Haustür. Diesmal gibt es keinen Handkuss, sondern nur eine knappe Verbeugung.

»Uff!« Tanja atmet kräftig aus. »Das kann man wohl einen eleganten Rausschmiss nennen, garniert mit einer kaum versteckten Drohung. Lass uns ein paar Schritte gehen. Ich brauche frische Luft.«

Ich zögere und schaue mich um. Tanja hakt sich unter. »Na los. Was soll uns hier auf offener Straße passieren? Außerdem bin ich doch bei dir.«

Ja, was sollte mir hier am helllichten Tag schon passieren? Trotzdem drängt sich in meine Vorstellung leise ein Auto, das sich langsam von hinten nähert. Über dem Steuer grinst eine rotbäckige Karnevalsmaske. Das Seitenfenster surrt herunter und eine Hand mit einer Pistole erscheint. Die Kugel trifft mich unter dem linken Schulterblatt, genau an der Stelle, wo ich immer noch die Hand spüre, die mich auf dem U-Bahnhof gestoßen hat. Angstvoll drehe ich mich um. Die Straße liegt still und friedlich im Sonnenlicht. Gegenüber schneidet ein Mann die Hecke, zwei Häuser daneben kehrt eine Frau die

Stufen vor einer Eingangstür. Ein kleiner Junge radelt an uns vorbei. Kein Auto, welcher Art auch immer, weit und breit. Dabei war es für mich einen kurzen Moment so konkret gewesen. Tanja schaut mich an und lächelt. »Alles in Ordnung. Gehen wir weiter.«

Das muss aufhören. Wut steigt in mir hoch. Zorn auf den alten Herrn und seine unverhohlene Drohung. Wut auf Paul, der mir nicht glaubt und schnell bereit war, mir eine psychische Störung anzudichten. In mir regt sich leiser Widerspruch. Tue ihm nicht unrecht, denke ich. Es ist ohne Zweifel schwer zu glauben, dass mir das alles wirklich zugestoßen ist. Manchmal zweifle ich ja selber daran.

Ich möchte um mich schlagen, mich wehren gegen das, was da in mein Leben eingebrochen ist und mich völlig aus dem Gleichgewicht bringt. Fremdbestimmt. So fühle ich mich.

Das Wort habe ich wohl laut ausgesprochen, denn Tanja bleibt abrupt stehen und fragt: »Fremdbestimmt? Wer?«

»Ich. Lass uns einen Kaffee trinken gehen. Ich muss nachdenken.«

Habe ich da auf meiner linken Seite ein leises »Na endlich« gehört?

An der nächsten Straßenecke finden wir ein kleines Café. Für Tanja muss es natürlich zu dem Cappuccino noch ein Stück Schwarzwälder Kirschtorte sein. Ich warte geduldig, bis sie den letzten Rest Sahne von ihrem Teller gekratzt, die Kuchengabel hingelegt hat und sagt: »Also? Ich höre.«

»Ich glaube, du hast recht.«

»Natürlich. Aber womit?«

»Jemand muss mich abgrundtief hassen, so sehr, dass er sich die unglaubliche Mühe macht, all diese abstrusen Vorkommnisse zu inszenieren. Um mir Todesangst einzujagen, um mich an meinem Verstand zweifeln zu lassen. Ich habe keine Ahnung, wer. Ich habe keine Ahnung, warum. Und ich weiß auch nicht im Geringsten, wie es mir gelingen soll, das Wer und Warum herauszufinden. Wo ich ansetzen soll. Aber irgendetwas muss ich doch tun. Das kann so nicht weitergehen.«

Tanja schaut gedankenverloren auf ihren leeren Teller. Sie findet einen winzigen Schokoladenkrümel, tupft ihn mit ihrem Zeigefinger auf und leckt ihn ab. »Wir müssen alle deine alten Fälle neu aufrollen.«

»Wieso das?«

»Du musst jemandem gewaltig auf die Füße getreten sein. Das ist für mich die einzige Erklärung. War mal irgendein Klient richtig sauer auf dich?«

»Nicht dass ich wüsste. Evas Vater war von meiner Arbeit nicht gerade begeistert. Aber das wäre ich an seiner Stelle auch nicht gewesen.«

»Nicht gerade begeistert« war stark untertrieben. Er stürzte mit blutrotem Kopf in mein Büro und brüllte mich an: »Sie hatten den Auftrag, meine Tochter unauffällig zu finden, vor der Polizei. Darauf hatten wir uns verständigt. Unauffällig! Ha, dass ich nicht lache. Haben Sie heute schon Zeitung gelesen? Mein Name schreit Ihnen von jeder Titelseite entgegen. Meine Frau ist zusammengebrochen und liegt im Krankenhaus. Warum haben Sie das nicht verhindert?«

Ich versuchte erst gar nicht, mich zu rechtfertigen. Mir war klar, er wäre keinem Argument zugängig gewesen. Ich akzeptierte auch, dass er mir das Honorar verweigerte, schließlich hatte ich ja selber das Gefühl, versagt zu haben, obwohl mich objektiv gesehen keinerlei Schuld traf. Kommissar Schumann war mir eben einen Schritt voraus gewesen. Das kommt vor.

»Du weißt schon, dass sich die Freundin von der Eva Rosskamp umgebracht hat?«, fragt Tanja.

»Wer?«

»Na die, die damals mit in dem Hotelzimmer war. Den Namen habe ich vergessen. Hat sich in der U-Haft aufgehängt.«

»Aufgehängt? Ist ja schrecklich. Nein, das ist mir neu.«

»Stand in der Zeitung.«

»Ich lese doch keine.«

Und Fälle, die abgeschlossen sind, verfolge ich auch nicht weiter, hätte ich ergänzen müssen. Ein Fehler, vielleicht. Aber meine Überlebensstrategie. Ich bin emotional zu stark beteiligt, unprofessionell, doch ich kann nicht anders. Ich muss, wenn ein Fall abgeschlossen ist, einen Schlussstrich ziehen. Distanz herstellen. Auf Dauer belastet es mich sonst zu sehr.

»Wie war das eigentlich mit diesem Kommissar Schumann? Wann seid ihr euch zum ersten Mal begegnet? Er hat bei meinem Gespräch mit ihm nur vage was von einem polizeilichen Einsatz in der Vergangenheit gemurmelt.«

»Wir sind in einem dunklen Hauseingang übereinander gestolpert. Wir beobachteten die gleiche Wohnung. Er hatte es allerdings auf den Wohnungsbesitzer abgesehen – ich auf einen seiner Besucher. Es ging mal wieder um einen dieser hoffnungsvollen Sprösslinge. Drogengeschäfte. Aber weder der eine noch der andere ist in dieser Nacht aufgetaucht. Und da haben wir das Ganze vertagt und stattdessen zusammen ein Glas Wein getrunken.« Danach sind wir in seinem Bett gelandet. Das erzähle ich Tanja nicht, doch ich sehe ihrem Gesicht an, dass sie sowieso Bescheid weiß. »Meine anderen Fälle sind alle diskret und unter Ausschluss der Öffentlichkeit abgelaufen. Zur vollsten Zufriedenheit des Auftraggebers. Und über das letzte Jahr weißt du ja Bescheid.«

»Ist denn nicht irgendwann etwas Außergewöhnliches passiert? Vor meiner Zeit. Hat es vielleicht früher schon mal einen rätselhaften Todesfall gegeben?«

Ja, könnte ich sagen. Hat es. Bei meinem ersten Auftrag. Einen rätselhaften, unerklärlichen Todesfall. Doch sobald ich darüber nachdenke, sobald ich mir entsprechende Fragen stelle, schnürt es mir die Kehle zusammen. Wie soll ich es da schaffen, darüber zu reden?

»Sabine. He! Was ist los? Ist dir nicht gut?«

Ich merke, dass ich mein Glas krampfhaft umklammere, höre Tanjas Stimme gedämpft, wie unter Wasser. Tief Luft holen. Nicht nachgeben, sich nicht herunterziehen lassen, was so einfach wäre, wie ich weiß. Dagegen ankämpfen, auch wenn es schwerfällt. Die Wut wiederfinden, die ich gerade noch gespürt habe. Nicht weglaufen, wie meistens in meinem Leben. Wie damals bei Paul. Warum habe ich ihn nicht zur Rede gestellt, warum durch meine kopflose Flucht meinen eigenen Lebensentwurf verraten? Warum in den letzten Jahren Verhältnisse schnell beendet, sobald die Gefahr bestand, dass daraus mehr werden könnte als eine flüchtige Begegnung. Aus Angst vor der Rückkehr des Schmerzes. Die Erinnerung daran habe ich gewaltsam verdrängt. Und auch die aktuelle Situation, meine Beziehung zu Paul, ist halbherzig. Wenn ich ehrlich bin, lasse ich mich lieben, will mich lieben lassen. Aber wie viel gebe ich ihm? Kann ich ihm geben? Selbst bei ihm bleibe ich in meinem tiefsten Innern auf Distanz.

Genauso klar, wie ich vor wenigen Minuten erkannt habe, dass ich nicht paranoid bin, begreife ich jetzt, dass ich mich endlich der Erinnerung stellen muss. Es sind noch so viele Fragen zu klären. Aber das muss ich allein schaffen. Tanja kann mir dabei nicht helfen. Und auch sonst niemand.

»Mein Gott, Sabine, so sag doch was.«

»Ja«, ich lasse das Glas los, »es gab einen Fall – und einen rätselhaften Tod. Ich kann im Moment nicht darüber reden. Noch nicht. Lass uns im Moment über eine Strategie für den aktuellen Fall nachdenken.«

»Du bleibst also dran an der Geschichte?«

»Selbstverständlich. Ich lasse mir nicht verbieten, meiner Arbeit nachzugehen. Ich muss das natürlich mit meiner Auftraggeberin abklären.«

Als wir ins Hotel zurückkommen, bleibe ich vor der Zimmertür stehen. Ich betrachte das Schloss. »Wäre es schwer, die Tür zu öffnen, wenn man das hier nicht hat?« Ich klimpere mit dem Zimmerschlüssel in der rechten Hand.

»Schwer? Kommt drauf an. Meistens nicht. Es sei denn, es wurde abgeschlossen.« Tanja kramt in ihrer Tasche und holt ihren Geldbeutel heraus. Sie nimmt ihre EC-Karte, steckt sie senkrecht in den Türfalz und zieht sie nach unten. Ein leises Klick und die Tür springt auf. »Sag ich doch. Meistens klappt es.«

»Ja, aber wie?«

»Da fragst du mich zu viel. Warum und wieso, weiß ich auch nicht. Ist das wichtig?«

»Genau betrachtet, nein.«

Frau von Espen ist empört über den Verlauf des Gesprächs mit Dr. Seidlitz.

»Lassen Sie sich bloß von dem alten Zausel nicht abschrecken. Es wird nichts so heiß gegessen, wie's gekocht wird. Trotzdem war er sehr unhöflich, nahezu unverschämt zu Ihnen. Ich hätte doch einen Jüngeren nehmen sollen. Er war einmal ein glänzender Anwalt. Aber er wird alt und geistig immer unbeweglicher. Traurig, doch was will man machen. Ich werde ihn sofort anrufen. Er muss sich dafür einsetzen, dass Sie mit dem ermittelnden Beamten sprechen können. Das werde ich eindeutig klarstellen.«

»Sagen Sie ihm bitte, dass er mich über einen etwaigen Termin per Handy oder über meine Büroadresse verständigen möchte. Wir fliegen heute Abend zurück. Ich habe in Frankfurt zu tun. In zwei Tagen könnte ich wieder nach Berlin kommen, wenn es erforderlich sein sollte.«

9.

Als das Taxi vor meinem Haus hält, fühle ich nichts mehr von der Wut, die mich in Berlin so stark gemacht hatte. Die Angst hat mich wieder fest im Griff. Ich sitze in eine Ecke der Rückbank gekauert und kann mich nicht bewegen. Die Tür zu öffnen und auszusteigen, um ungeschützt in der dunklen Straße zu stehen, die wenigen Schritte zur Haustür hinter mich zu bringen und dann dieses Treppenhaus zu betreten, in dem jeden Moment das Licht ausgehen kann – das übersteigt meine Kraft.

Ich zucke zusammen, als die Autotür von außen geöffnet wird. Tanja streckt mir die Hand entgegen.

»Komm, ich bring dich rauf.«

War ich gerade noch vor Angst wie gelähmt, so springe ich jetzt mit einem Satz aus dem Auto, stoße das Gittertörchen auf und laufe zur Haustür. Hastig wühle ich in meiner Handtasche nach dem Schlüssel, kann ihn nicht finden. Meine Hände zittern.

»Lass mich mal.« Tanja nimmt mir die Tasche aus der Hand, holt den Schlüssel heraus, drückt auf den Lichtschalter und schließt auf. Ich dränge sie zur Seite und renne die Treppe hinauf, nehme immer zwei Stufen auf einmal. Tanja kann mir kaum folgen. Oben angekommen stehen wir beide keuchend vor der Wohnungstür. Wir sehen uns an. Ich zucke hilflos mit den Schultern. »Tut mir leid, ich …«

»Ist schon klar.« Tanja steckt den Schlüssel ins Schloss, dreht ihn rum. Der Flur vor uns ist dunkel. »Gehen wir rein?«

In dem Moment öffnet sich rechts eine Tür und eine männliche Silhouette zeichnet sich gegen das Licht im Zimmer dahinter ab. Ich bleibe stehen, greife nach Tanjas Hand, umklammere sie fest. Die Silhouette sagt: »Hallo«, und schaltet das Flurlicht an.

Tanja wirft einen kurzen abschätzenden Blick auf Paul in seinen gestreiften Boxershorts und meint: »Na, dann ist ja alles o.k.«

Er seinerseits stellt nach eingehender Prüfung offensichtlich fest, dass eine nähere Bekanntschaft durchaus lohnend sein könnte, und streckt seine Hand aus. »Ich bin Paul. Wollen Sie nicht reinkommen und ein Glas Wein mit uns trinken?«

Stopp, Paul, das ist mein Lächeln, denke ich, lasse Tanjas Hand los und gehe an ihm vorbei. Ich gebe ihm einen Kuss auf die Wange. »Schön, dass du noch wach bist.«

Tanja ignoriert seine einladende Geste. »Danke, aber unten wartet der Taxifahrer. Tschüss, Sabine.« Sie zwinkert mir zu. »Bis morgen.«

Paul schaut ihr hinterher, wie sie die Treppe hinunterläuft. Sie winkt lässig mit der rechten Hand. »Wer war denn diese aparte Person?« Er schließt die Tür.

»Tanja.«

»Was?« Er reißt die Tür wieder auf, starrt ungläubig in das leere Treppenhaus.

»Ja, es ist wirklich erstaunlich, was eine blonde Perücke alles ausmacht. Sagtest du nicht etwas von einem Glas Wein?«

»Kommt sofort.«

»Und Hunger hab ich auch.«

Wenig später sitze ich am Küchentisch und schaue zu, wie Paul die Pilze säubert, sie mit geübten Handbewegungen in kleine Stücke schneidet, Eier verrührt, Petersilie hackt. Wie ich diese Momente genieße. Seine stille Geschäftigkeit, sein konzentriertes Gesicht. Genau wie bei meinem Vater. »Auch einfachere Arbeiten verlangen höchste Aufmerksamkeit«, sagte er immer zu mir. Ich saß oft mit ihm in der Küche und bewunderte, wie schnell und geschickt er mit dem Messer hantierte. Er kochte gerne, im Gegensatz zu meiner Mutter.

Ich nippe an meinem Glas Wein, merke, wie sich meine innere Anspannung langsam löst. »Meine Seele häutet sich.« Wer hatte das gesagt?

Paul legt ein kleines Röhrchen vor mich hin.

»Was ist das?«

»Mit einem schönen Gruß von Christiane.«

»Von Christiane?« Diese junge Schauspielerin, die keinen Hehl daraus macht, dass sie Paul attraktiv findet. Gute Figur und 18 Jahre jünger als ich. Damit kann ich nicht konkurrieren. Ich bin mir ziemlich sicher, dass zwischen ihr und Paul etwas läuft.

»Ja. Die Pillen helfen ihr gegen Lampenfieber. Sie wirken garantiert. Machen nicht müde, aber nehmen einem die Angst.« Paul stellt ein wunderbar duftendes Omelett mit Champignons vor mich hin. »Lass es dir schmecken, mein Schatz.«

»Einen Moment mal. Du sprichst mit Christiane über meine Probleme?«

»Ich habe sie nur gefragt, ob sie einen guten Psychotherapeuten kenne, und da kamen wir ganz allgemein auf Medikamente zu sprechen, die einem wirklich helfen. Sie kennt wirklich einen sehr guten Spezialisten, einen, der genau richtig für dich sein könnte. Ich habe für morgen Nachmittag einen Termin für dich vereinbart.«

»Einen Termin? Für mich? Beim Psychotherapeuten?«

»Ja. Du hast Glück. Er ist normalerweise auf Monate hin ausgebucht, aber es hat jemand abgesagt. Um fünf hat er eine Stunde Zeit für dich.«

Paul setzt sich mir gegenüber und sieht mich fragend an. Was erwartet er? Ein Lob? Ein »Danke, das hast du gut gemacht«? Es sieht ganz danach aus. Ich schiebe den Teller von mir. Mir ist der Appetit vergangen. »Ich werde da nicht hingehen.«

»Bitte? Ich verstehe nicht.«

»Was gibt es da nicht zu verstehen? Ich finde es unmöglich, ja demütigend, dass du mit Christiane über meine Probleme sprichst. Dass du über meinen Kopf hinweg diesen Termin ausmachst.«

»Aber das war doch alles besprochen.«

»Nichts war besprochen. Ich werde nicht zu diesem Therapeuten gehen, und die Pillen von deiner dämlichen Christiane kann sie selber schlucken. Ich bin nicht verrückt. Ich bilde mir das nicht ein. Jemand will mich in den Wahnsinn treiben, mich kaputtmachen. Und ich werde herausfinden, wer und warum!«

»Dir ist ja nicht mehr zu helfen.«

»Doch. Indem du – besonders du – mir glaubst.«

»Tut mir leid. Bei allem guten Willen, das kann ich nicht.« Er steht auf. »Ich geh ins Bett.«

»Ja, geh nur. Zieh dich zurück, wie du es immer, tust, wenn etwas über deinen Horizont geht.«

»Es ist wirklich besser, ich gehe schlafen. Bevor einer von uns etwas sagt, das er später bereut.«

Paul sieht mich an mit diesem Rollladengesicht, wie ich es nenne. Ohne jede Regung. Ich habe noch keinen anderen Menschen getroffen, auf den das Wort »verschlossen« so zutrifft wie auf ihn in diesen Momenten. Es passiert innerhalb weniger Sekunden. Seine Augen werden völlig ausdruckslos, verlieren ihre Farbe, der Mund ist nur noch ein schmaler Strich. Ich ertrage das nicht. Ich strecke meine Hand aus. »Paul. Bitte.«

Er setzt sich zögernd wieder.

»Hab ein bisschen Geduld mit mir. Ich weiß, dass es nicht leicht ist. Aber lass mich jetzt nicht allein. Ich brauch dich.«

Er sagt nicht: ich dich auch. Er sagt: »Dein Omelett ist kalt geworden.«

10.

»Kann ich dich wirklich allein lassen?«

Tanja beobachtet mich, wie ich an meinem Schreibtisch sitze und gedankenverloren das Telefon anstarre. »Was? Ja, natürlich. Schalt die Alarmanlage ein, bevor du gehst.«

»Mach ich.«

Tanja setzt die Baskenmütze auf ihre blonde Perücke. Dazu trägt sie heute Jeans, einen weißen Rolli und eine dunkelblaue Lederjacke. Der Clou ist eine randlose Brille mit getönten Gläsern. Sie wirkt wie eine pflichtbewusste Studentin. »Lässt du mich so gehen?«

»Du siehst sehr brav aus.«

»Schrecklich. Aber wenn es der Wahrheitsfindung dient.«

»Der Satz ist nicht von dir.«

»Weiß ich. Ist trotzdem gut.«

»Was willst du Evas Eltern sagen?«

»Es wird mir schon was einfallen. Tschüss. Ich beeil mich. Und du weißt ja: Im Fall der Fälle den Knopf für den Notruf drücken.«

»Ich denke dran. Bis später.«

Tanja geht zur Tür, macht mit der rechten Hand die Geste für »Telefonieren« und nickt heftig mit dem Kopf. Dann ist sie verschwunden.

Wie still es auf einmal ist. Meine Büroräume liegen zwar in einem Gebäude mit viel Publikumsverkehr. Aber im obersten Stock bin nur ich. Um zu mir zu kommen, braucht man für den Fahrstuhl einen speziellen Schlüssel. Besuch muss sich anmelden, und ich kann von meinem Schreibtisch aus den Lift heraufholen. Als ich damals die Räume mietete, empfand ich es als Vorteil, dass der Eingang so diskret gelegen ist. Jetzt wäre mir wohler, wenn außer mir noch jemand hier oben wäre. Sonst gibt es nur Lagerräume, in denen alte Akten gestapelt sind. Doch wie sollte sich ein Unbefugter Zutritt verschaffen, mit all den Sicherheitsanlagen, die ich habe installieren lassen? Videoüberwachung, Alarmanlage und der berühmte Knopf für den Notruf unter meinem Schreibtisch, der mich mit der Polizeiwache gleich um die Ecke verbindet. Als ich Frau Seibold, der Sekretärin meiner Tante, erzählt hatte, dass ich nach Frankfurt ziehen wolle, um dort eine Detektei zu eröffnen, hatte sie nicht nur eine genaue Liste zusammengestellt, was ich unbedingt alles für meinen Neustart brauche, sondern mich ganz besonders auf diesen Notknopf hingewiesen. »Zu Ihnen kommen Menschen, die sich in einer besonderen Situation befinden. Man weiß nie, wie sie sich verhalten, und sollte für alle Fälle gerüstet sein. Besonders als Frau. Ihre Tante hat das auch immer so gehalten. Und sie war bestimmt keine ängstliche Person.«

Nein, das war sie bestimmt nicht. Im Gegensatz zu mir. Doch bisher war es auch nicht notwendig, besonders mutig zu sein. Bis zum Beginn dieser rätselhaften Vorfälle habe ich nie eine akute Bedrohung gespürt, musste nicht einmal über eine solche Gefahr nachdenken. Meine Klienten waren alle sehr höflich zu mir.

Heute Nacht, als ich schlaflos neben Paul lag, habe ich alle Fälle noch einmal genau vor meinem geistigen Auge Revue passieren lassen. Keiner bot einen Anhaltspunkt, wer hinter diesen beunruhigenden Geschehnissen stecken könnte. Sicher, es hatte alles auf der Heimfahrt nach dem Gespräch mit Frau von Espen in Regensburg angefangen. Da ist die Clownsmaske das erste Mal aufgetaucht. Der Typ hat mich effektiv bedroht. Aber warum? Bei den betrügerischen Machenschaften von Tradinggeschäften geht es um sehr viel Geld, auch um strafbare Handlungen. Es ist ein gutes Motiv, die Person ausschalten zu wollen, die das alles aufdecken könnte. Doch war der zeitliche Abstand zwischen der Vertragsunterschrift in Regensburg und dem Manöver auf der Schnellstraße nicht zu kurz gewesen? Es sei denn, Frau von Espen hatte vorher bereits gegenüber einem Dritten von ihrem Verdacht gesprochen und davon, dass sie eine

Detektivin einschalten wolle. Das kommt mir allerdings unwahrscheinlich vor. Aber unwahrscheinlich war schon so vieles in meinem Leben und es hat sich später dennoch als real entpuppt.

Ich sollte mich wohl endlich mit meinem ersten Fall beschäftigen. Damals waren unzweifelhaft seltsame, unerklärliche Dinge passiert.

Einen Ordner mit wichtigen Papieren sollte ich im Auftrag des Staatsministers Börgel im Amt für Internationale Sicherheit aufspüren – und seinen Sohn Robert, der diese Unterlagen entwendet hatte. Den Sohn fand ich, vielmehr er mich, und ich hatte es nicht gemerkt und ihn nicht erkannt. Benebelt von Glück war ich dumm und blind gewesen und stumpf und teilnahmslos, als ich schließlich entdeckte, wer dieser Mann in Wirklichkeit war. Aber zu diesem Zeitpunkt war er bereits verschwunden, hatte nur unverständlicherweise eine Tasche, in der sich ein Ordner mit Dokumenten mit der Aufschrift »Geheim – Herrn Minister Börgel zur Kenntnis« befand, in Susannes Wohnung in Berlin zurückgelassen. Ich brachte ihn dem Eigentümer zurück. Auftrag ausgeführt.

Einen Tag später verunglückte Robert Börgel beim Surfen auf Hawaii tödlich. So wurde es jedenfalls in den Nachrichten berichtet.

Ich hatte alle Fragen, die sich mir aufdrängten, seither unterdrückt. Wie konnten mich mein Körper, meine Seele, mein Gefühl und all meine Sinne derart täuschen? Wie konnte ich nicht merken, welch perfides Spiel er sich in dieser Nacht mit mir erlaubt hatte? Und wieso ließ er die Tasche da? Ich hatte und habe keine Ahnung, welcher Art die Geheimnisse waren, die so geheim gehalten wurden, ahnte nur, dass der Inhalt des Ordners äußerst brisant war. Zumindest für den Staatsminister.

Ich musste versuchen, Börgel zu erreichen, mit ihm zu sprechen. Vielleicht Klarheit in den Fall zu bringen. Dazu war ich heute Nacht fest entschlossen. Also nahm ich mir vor, gleich am nächsten Morgen Frau Seibold anzurufen und nach der Akte zu fragen. Die hatte ich seinerzeit, als ich nach Frankfurt zog, bewusst nicht mitgenommen.

Jetzt starre ich seit eineinhalb Stunden tatenlos abwechselnd das Telefon an oder schaue aus dem Fenster. Ich habe den Eschenheimer Turm direkt im Blick. Bisher habe ich ihn mir gerne angeschaut, mit seinen Türmchen ringsum. Auf einem meiner Kinderbücher war ein ähnlicher abgebildet. Mein Vater hat mir oft Geschichten aus diesem Buch vorgelesen. Außerdem verbinde ich mit ihm einen wunderschönen Abend mit Paul dort im Restaurant. Das war das Essen vor eineinhalb Jahren, mit dem er mich ködern wollte, es noch einmal mit ihm zu versuchen. Jetzt löst dieses Bild keine positiven Gefühle mehr in mir aus, sondern es kommt mir bedrohlich vor, als könnte oben in dem Wehrgang irgendeine Gefahr lauern. Aber was kommt mir zurzeit nicht bedrohlich vor?

Ich denke an Tanjas entschiedene Geste vor dem Fenster, hole einmal tief Luft und wähle.

»Ja, hier spricht Frau Seibold.«

Die Eigenart, sich auf diese Weise zu melden, hat sie beibehalten.

»Guten Tag, Frau Seibold. Hier ist Sabine Reichert.«

»Sabine! Mein Gott. Das ist ja eine Überraschung. Ich habe lange nichts mehr von Ihnen gehört. Wie oft ich mich gefragt habe, wie es denn dem Kind gehen mag.«

An dieser Sicht auf meine Person hat sich offensichtlich ebenfalls nichts geändert. »Mir geht es gut. Ihnen hoffentlich auch.«

»Doch, doch. Ich will nicht klagen. Aber das Alter. Mit meiner Gesundheit steht es nicht zum Besten.«

Sicher wird von mir nun besorgte Anteilnahme erwartet. Doch die Frage nach Frau Seibolds Blutdruck hatte bei unserem letzten Gespräch zu einem 20-minütigen Klagelied über Medikamente, ihre Nebenwirkungen und das Unvermögen der Ärzte geführt. Ich sollte es also lieber gar nicht dazu kommen lassen. »Weshalb ich anrufe, Sie erinnern sich sicher an den Fall Börgel.«

»Natürlich. Ihr erster, den sie sehr diskret gelöst haben. Wie könnte ich den vergessen? Heute kann ich es Ihnen ja sagen: Ich hatte meine Bedenken, ob Sie das schaffen werden. Mein Gott, Sie hatten schließlich nicht die geringste Erfahrung. Aber Sie haben das wirklich gut gemacht. Ihre Tante wäre stolz auf Sie gewesen. Das habe ich auch damals dieser Journalistin gesagt, die unbedingt mit Ihnen sprechen wollte.«

»Welche Journalistin?«

»Wie hieß die denn noch? Sie wollte mit Ihnen über den Fall Börgel sprechen. Sie sagte, sie hätte diesen Robert in Berlin getroffen. Sie hatte doch glatt die Unverschämtheit zu behaupten, sie sei eine alte Freundin von Ihnen.«

»Hieß sie zufällig Anna Wagner?«

»Ja, genau.«

»Das ist wirklich eine alte Freundin von mir. Wir kennen uns aus unserer Schulzeit.«

»So«, kommt es knapp vom anderen Ende der Leitung. »Das konnte ich natürlich nicht wissen.«

Ich versuche, das Gehörte zu verstehen. Anna traf Rolf alias Robert Börgel damals in Berlin. Wieso? Was hatte sie mit ihm zu tun? Und weshalb hatten sie Kontakt? Am Anfang meiner Recherche besuchte ich Anna in München in der Redaktion und erzählte ihr alles über den Fall. Was sicher nicht sonderlich professionell war, aber ich musste jemandem mitteilen, dass ich tatsächlich als Detektivin arbeitete und einen Auftrag hatte, für den ich ein beträchtliches Vorschusshonorar erhalten hatte. Es erschien mir damals alles so unwirklich. Ich erinnere mich auch daran, dass Anna mich später noch einmal anrief und ein paar Fragen stellte. Doch ich würgte das Gespräch ab. Ich wollte nicht darüber reden. Aber warum hat sich Anna danach bei Frau Seibold gemeldet?

»Sabine? Sind Sie noch dran?«

»Ja. Was hat Frau Wagner denn außerdem gesagt?«

»Sie war sehr dramatisch. Meinte, es ginge um Leben und Tod und Sie sollten sie unbedingt zurückrufen.«

»Das haben Sie mir allerdings nicht ausgerichtet.«

»Nein. Der Fall war ja abgeschlossen.«

Genau dasselbe habe ich Anna am Telefon auch mitgeteilt und aufgelegt. Anna rief erneut an, ich nahm nicht ab. »Frau Seibold. Gibt es in Ihrem Keller noch das Archiv?«

»Selbstverständlich.« Eine leise Empörung schwingt mit, wie ich daran zweifeln kann. »Es ist alles da wie gehabt.«

»Können Sie bitte mal nachschauen, ob Sie die Akte Börgel finden? Ich erinnere mich, dass darin die Telefonnummern des Herrn Staatsministers standen. Die dienstliche und die private. Falls Sie sie finden, wäre es sehr freundlich von Ihnen, wenn Sie mir die Nummern telefonisch durchgeben könnten.«

»Die dienstliche wird Ihnen nichts nützen. Der Herr Minister ist nicht mehr im Amt.« Sie spricht es nicht aus, doch was sie denkt, ist an ihrem Tonfall zu hören: Das müssten Sie eigentlich wissen. »Wenn ich die private finde, gebe ich Sie Ihnen durch. Ich rufe Sie in fünf Minuten zurück.«

Tatsächlich, knapp fünf Minuten später klingelt das Telefon. »Also, hier ist sie.« Frau Seibold diktiert mir die Nummer, als hätte sie eine Analphabetin am Apparat, lässt mich die Ziffern zweimal wiederholen. Sie fragt: »Darf ich wissen, wozu Sie diese Nummer brauchen?«

»Ich habe im Moment Ärger und versuche herauszufinden, ob das mit einem meiner früheren Fälle zusammenhängt.«

»Das ist schlimm. Ihre Tante wurde auch mal terrorisiert von einem Klienten, bei dem sie das Honorar gerichtlich einfordern musste. Ich erinnere mich gut daran. Tag und Nacht hat der angerufen. Tote Vögel auf die Treppe gelegt und einmal sogar eine Katze mit einem Strick um den Hals. Das Schlimmste: Die Türklinke war mit Hundekot eingerieben. Und ich habe direkt reingefasst. Pfui Teufel!«

»Das war sicher schrecklich. – Wenn Sie mir dann bitte noch die Akte per Post schicken würden? Danke.«

Ich werde Frau Seibold später anrufen müssen, um mich dafür zu entschuldigen, dass ich das Gespräch so abrupt abgebrochen habe. Mir wird jetzt erst richtig bewusst, was ich eben gehört habe. Anna hatte Rolf in Berlin getroffen – ich kann ihn immer noch nicht Robert nennen. Und wenn sie gesagt hat, es ginge um Leben und Tod, muss es tatsächlich ernst gewesen sein. Denn wenn Anna sich in den letzten Jahren nicht sehr verändert hat, neigt sie nicht zu hysterischen Übertreibungen. Ich habe sie als sachlich argumentierenden Menschen in Erinnerung.

Ich werde sie anrufen müssen, auch wenn ich das auf gar keinen Fall möchte. Wie intensiv habe ich mir damals vorgenommen, alles zu vergessen. Doch je mehr Zeit vergeht, umso öfter drängt sich plötzlich Rolfs Bild in mein Bewusstsein. Wie heute Nacht zum Beispiel.

Bei Paul und mir ist der Sex immer eine Möglichkeit gewesen, Verstimmungen zwischen uns beiden aus der Welt zu schaffen. Aber diesmal ist es nicht gelungen. Plötzlich störte mich Pauls Geruch, weil sich ein anderer in meine Erinnerung schob. Ein Geruch wie nach trockenem Gras in der Sonne und nach Meer. Ich sog ihn damals nahezu süchtig in mich hinein. Und dann ist er mir nie wieder begegnet.

Normalerweise halte ich meine Augen geschlossen, wenn Paul und ich miteinander schlafen, doch heute Nacht öffnete ich sie und sah Pauls Blick. Er beobachtet mich, dachte ich und war schlagartig ernüchtert. Er merkte es, legte sich neben mich und sagte in liebevollem Ton: »Heute bist wohl du nicht in der richtigen Stimmung.« Er umarmte mich, wie oft beim Einschlafen, und hielt mich fest. Sonst fühle ich mich dabei sehr geborgen. Aber in dieser Nacht kam ich mir eingesperrt vor, ich blieb dennoch ruhig liegen und dachte nach. Nicht nur über meine alten Fälle, sondern auch über den Mann, den ich vor langer Zeit in Berlin in einem Irish Pub getroffen und durch den ich das höchste Glück und die tiefste Verzweiflung erfahren habe. Eine Erinnerung, die mich bis heute quält und mich einfach nicht loslässt.

Da hilft nur Konfrontationstherapie, versuche ich die Situation zu ironisieren. Ich werde Anna anrufen. Wenn ich bloß wüsste, wo ich ihre Visitenkarte hingesteckt habe. Ich nehme meine Tasche und schütte den Inhalt auf den Tisch. – Nichts. Ich wollte sie wegwerfen, das weiß ich. Habe ich das auch getan?

Vielleicht kennt ihre alte Redaktion in München ihre aktuelle Adresse, überlege ich. Doch sie kann mir nicht weiterhelfen: »Frau Wagner ist nicht mehr bei unserer Zeitung beschäftigt. Wo sie sich zurzeit aufhält, ist uns leider nicht bekannt.«

Also doch zunächst mit dem Herrn Staatsminister a. D. sprechen. Ich hole tief Luft, bevor ich die Nummer eintippe, die Frau Seibold mir durchgegeben hat. Ich weiß genau, wo das Telefon steht, das in diesem Moment klingelt. In einem großen Wohnzimmer, ganz in Weiß und Creme gehalten, in der Mitte ein Flügel, ebenfalls in Weiß, eine Gruppe von cremefarbenen Sofas, so angeordnet, dass man von dort aus durch die großen Terrassentüren in den sorgsam gepflegten Garten schauen kann. Das Telefon steht auf einem alten Sekretär mit wunderschönen Intarsien.

Im ganzen Raum verteilt befinden sich Fotografien von Rolf – das heißt, dort heißt er Robert. An der einen Wand hängt ein Porträt von ihm auf Leinwand in Öl. Das Zimmer sah damals schon aus wie eine Gedenkstätte.

»Börgel.«

»Sabine Reichert. Guten Tag.«

Kurze Pause, dann sehr reserviert: »Woher haben Sie diese Nummer?«

»Sie haben sie mir gegeben.«

»Ich wüsste nicht, warum.«

»Ich sollte für Sie einen Ordner mit Geheimdokumenten finden, den Ihr Sohn entwendet hatte und den ich Ihnen zurückgebracht habe.«

Jetzt ist die Pause ein wenig länger. Er fragt scharf: »Was wollen Sie? Ich habe Sie damals angemessen entlohnt.«

»Mehr als angemessen. Darum geht es nicht.«

»Worum dann?«

»In meinem Umfeld gibt es derzeit ein paar rätselhafte Ereignisse, und ich versuche herauszufinden, ob das etwas mit einem meiner früheren Fälle zu tun haben könnte.«

»Mit meinem Fall ganz bestimmt nicht. Das Ganze

ist längst abgeschlossen. Ich bin nicht mehr im Amt, und mein Sohn ist tot.«

»Ich weiß. Wären Sie eventuell bereit, mit mir über dieses Unglück vor Hawaii zu sprechen?«

»Ganz gewiss nicht. Bitte belästigen Sie mich nicht weiter, sonst könnte es sehr unangenehm für Sie werden.«

Aufgelegt.

Zurzeit scheint es Mode zu sein, mich zu bedrohen.

In diesem Moment schrillt die Alarmglocke. So ist es also, wenn einem das Herz stehen bleibt, denke ich merkwürdig klar und beginne die Sekunden zu zählen. Mein Herzschlag setzt wieder ein, als Tanja die Tür aufreißt.

»O fuck! Shit! ’tschuldigung.«

Gerade als sie den Schaltkasten erreicht, um das nervtötende Geräusch abzustellen, klingelt das Telefon. Ich melde mich. »Ja. Richtig. Schon wieder. Tut mir leid. … Ich werde sie darauf hinweisen. Danke. Auf Wiederhören.« Ich wende mich an Tanja: »Das war die Polizei. Das ist jetzt das vierte Mal, dass du einen Fehlalarm auslöst. Sie schicken die Rechnung.«

»Tut mir echt leid. Wirklich. Es will einfach nicht in meinen Kopf, dass ich das Ding deaktivieren muss, bevor ich aufschließe.« Sie reißt sich die Perücke vom Kopf und wirft sie auf den Tisch. »Die juckt wie verrückt.« Dann lässt sie sich laut aufstöhnend in ihren Stuhl fallen. »Also, echt mal, Menschen gibt’s, die gibt's gar nicht. Aber so was, wie die …? Nee, danke … nicht geschenkt.«

»Ich nehme an, du sprichst von dem Ehepaar Rosskamp?«

»Genau von denen. Sagt der doch, als ich ihm mein Beileid ausspreche: ›Sie kommen damit etwas spät. Meine Tochter ist für mich schon vor zwei Jahren gestorben. Also sparen Sie sich Ihre Floskeln.‹«

»Das heißt: Du hast mit ihnen geredet.«

»Ja, klar. Erst wollten sie mich abwimmeln. Aber du weißt, das klappt bei mir nicht. Also ging die Tür ins noble Heim doch auf. Das ist vielleicht ein Kasten. Krass! Anders als der Nobelschuppen in Berlin. Moderner eben.«

»Hast du irgendetwas über Evas letzte beiden Jahre erfahren?«

»Null Komma nichts. Die hatten die total abgeschrieben. Das sind Eltern. Mann, kann ich froh sein, dass das nicht meine sind. Lieber keine als solche. Man könnte ja denken, sie als Mutter müsste doch, aber … ist auch nur so 'n Klischee.«

»War sonst noch was?«

»Ich durfte immerhin Evas Zimmer sehen.«

»Wie hast du das geschafft?«

»Hab gesagt, bin eine ehemalige Kommilitonin und hätte ihr ein Buch geliehen, das ich zurückhaben muss. Ziemlich dünne, aber sie haben's geschluckt.«

»Und? Was entdeckt?«

Tanja krault den Panther auf ihrem Kopf an der Tatze. »Na ja. Es sah aus, als wär alles unverändert, als könnte sie jederzeit wiederkommen. Ein Pulli hing überm Stuhl, und auf dem Bett lag eine Jacke. So ganz tot ist sie denn doch wohl nicht für ihre Eltern. Ich hätte mich gern länger umgesehen, aber die Alte stand die ganze Zeit in der Tür und hat mich kontrolliert. Also hab ich einfach ein Buch gegriffen, davon gibt's da viele, und bin gegangen. Hier …« Tanja kramt in ihrer Tasche und wirft mir ein kleines rotes Buch auf meinen Schreibtisch. Karl Marx: Der achtzehnte Brumaire des Louis Napoleon.

»Keine leichte Kost.«

»Ich dachte, wenn ich eins von denen greife, wirkt das mit der ehemaligen Kommilitonin echter. Zu blöd, dass die mich nicht wenigstens einen Moment allein in dem Zimmer gelassen hat. Überall standen Fotos herum. Besonders eins hat mich interessiert. Eva mit einer anderen jungen Frau Arm in Arm. Von der anderen konnte man nicht viel erkennen. Sie hatte eine unglaublich tolle Mähne, leuchtend rot, die verdeckte das halbe Gesicht. Ich dachte, es könnte vielleicht dieselbe Frau sein, die damals mit in dem Hotel war.«

An dieses besondere Haar erinnere ich mich noch sehr genau.

»Ich hab das Bild in die Hand genommen, ich hätte

es gerne eingesteckt und dir gezeigt. Aber da kam der scharfe Befehl von der Tür her: ›Stellen Sie das sofort wieder hin.‹ Echt ärgerlich, dass ich von dem Foto, das ich damals für die Zeitung geschossen habe, keinen Abzug habe. Aber wer dachte denn an so was. Die Zeitung gibt es nicht mehr, also wird sich auch in einem Archiv nichts finden lassen.«

»Nehmen wir einmal an, sie ist dieselbe wie die in dem Hotelzimmer, dann müsste Kommissar Schumann, der damals dabei war, wissen, wer sie ist.«

»Dein Kommissar?« Tanjas Lächeln lässt sich nicht einordnen. »Ruf ihn an.«

»Er ist nicht mein Kommissar. Aber anrufen werde ich ihn trotzdem.«

Eine weibliche Stimme meldet sich.

»Hier Kommissariat neun, Siebert. Um was geht es bitte?«

»Guten Tag. Mein Name ist Sabine Reichert. Ich hatte vor zwei Jahren dienstlich mit Herrn Schumann zu tun und möchte ihn diesbezüglich etwas fragen. Mein aktueller Fall könnte mit den damaligen Vorgängen in Verbindung stehen.«

Ein merkwürdiges Geräusch am anderen Ende der Leitung. Klingt wie Schluchzen. »Entschuldigung. Wir sind alle noch so geschockt. Herr Oberkommissar Schumann ist vor drei Tagen schwer verunglückt. Er ist beim Klettern abgestürzt und hat sich schwere Schädelverletzungen zugezogen. Er liegt im Koma, und die Ärzte machen wenig Hoffnung.«

»Das ist ja schrecklich. Wie konnte das denn passieren?«

»Das fragen wir uns auch. Er ist ein erfahrener Kletterer, macht das seit Jahren. Dass er das Seil vorher nicht kontrolliert hat, können wir uns überhaupt nicht vorstellen. Aber so muss es wohl gewesen sein. Auf jeden Fall hat es nicht gehalten.«

»Könnte das Seil manipuliert gewesen sein?«

»Wieso fragen Sie das?«

»Nun ja. In meinem Umfeld passieren zurzeit merkwürdige Dinge. Ich versuche herauszufinden, ob das mit einem meiner früheren Fälle zusammenhängt. Und einer davon ist der, bei dem ich mit Herrn Schumann zu tun hatte.«

»Das wäre ja schrecklich. Aber Kommissar Markwart, der Herrn Schumann vertritt, hat ebenfalls so einen Verdacht geäußert. Deshalb ist er gestern mit einem Sachverständigen vom Morddezernat zur Unglücksstelle gefahren, um sich alles genau anzusehen.«

Morddezernat! Um das zu veranlassen, muss es schon einige deutliche Verdachtsmomente geben. Ich kann nicht behaupten, dass diese Nachricht mich ruhiger macht.

»Könnten Sie ihn freundlicherweise bitten, mich

anzurufen, wenn er zurückkommt? Vielleicht kann er meine Frage zu diesem alten Fall auch beantworten. Und natürlich interessiert es mich sehr, zu erfahren, wie es Herrn Schumann weiterhin geht.«

»Ich werde es ihm sagen.« Die Stimme ist merklich kühler geworden.

»Danke, Frau Siebert. Auf Wiederhören.«

Drei Sekunden Schweigen, dann hält Tanja es nicht mehr aus. »Sag schon. Was ist los?«

»Martin Schumann ist schwer verunglückt.«

»Merkwürdiger Zufall. Denkst du, da könnte wer dran gedreht haben?«

»Vielleicht. Vielleicht auch nicht. Selbst wenn, muss es ja nichts mit Eva Rosskamp zu tun haben.« Und vor allem nichts mit mir. Meine hilflosen Versuche, etwas herauszufinden, auf irgendwelche Hinweise zu stoßen. Dieses Herumstochern im Nebel. Was, wenn das alles zu nichts führt? Da ist sie wieder, diese diffuse Angst vor dem Unbestimmten, das auf mich zukommt.

»Wie machen wir weiter?« Tanja sieht mich erwartungsvoll an.

»Versuch mal eine Telefonnummer über die Auslandsauskunft oder das Internet herauszufinden. Anna Weber in Manhattan.«

»Was willst du damit?«

»Das erzähle ich dir morgen.«

11.

Ich stehe am Fenster und schaue auf die Stadt. Ein Novemberabend, wie ich schon viele von dieser Stelle aus gesehen habe. Ich stehe oft hier, wenn Paul nicht zu Hause ist oder ich nicht schlafen kann. Ich mag diese nächtliche Stimmung. Den Blick über die Dächer. In der Ferne leuchten die roten Positionslampen des Henninger-Turms auf der anderen Mainseite. Darüber die Wolkendecke, die das Lichtermeer der Stadt graugelb reflektiert.

Ich sehe den schwachen Schein einer Lampe hinter dem linken Fenster der Dachwohnung im Haus gegenüber, in der ein alter Mann Tag und Nacht hinter zugezogenen Vorhängen lebt und sich selten am Fenster zeigt. Im Stockwerk unter ihm wohnt ein junges Paar mit einem kleinen Kind, das wohl abends nicht einschlafen will. Oft sehe ich die Mutter mit dem Baby auf dem Arm am dunklen Fenster. Sie wiegt es lange hin und her. In der Wohnung darunter leuchtet die ganze Nacht auf einer Fensterbank ein kleines Lämpchen mit rotem Schirm. »Das Trostlichtchen« habe ich es getauft. Hinter den Fenstern im Erdgeschoss hängen blütenweiße Gardinen, hinter denen ich bislang nie eine Bewegung registriert habe, weder tagsüber noch in der Nacht.

Ich kenne keinen dieser Menschen im Haus gegenüber, habe nie mit ihnen gesprochen, bis auf ein kurzes »Guten Tag«, wenn man sich zufällig auf der Straße trifft. Aber in stillen Nächten wie dieser denke ich mir Biografien für sie aus, ein Spiel, das Rolf in dieser besonderen Nacht in Berlin auch gespielt hat. Ganz allein nur für mich. Doch das, was Anna mir eben am Telefon erzählt hat, kann sich keiner ausdenken. Rolf hätte gar nichts erfinden müssen. Seine Geschichte ist unglaublich genug gewesen. Der geheime Ordner hatte Papiere enthalten, in denen es um die Aufdeckung von Plutoniumschmuggel ging, und irgendwie war der Staatsminister Börgel vom Amt für Internationale Sicherheit darin verstrickt. Rolf wollte diese Papiere der Presse übergeben, um aufzuzeigen, wie einfach solche Machenschaften durchzuführen waren und wie dilettantisch und verantwortungslos sein Vater und sein Amt mit diesem gefährlichen Potenzial umgegangen waren. Deshalb hatte er sich mit Anna getroffen. Auf einem langen Spaziergang durch den Glienicker Park hatte er ihr alles erzählt.

»Er wollte mich mit einem russischen Atomphysiker zusammenbringen, dem Vater eines ermordeten Russen, der sein Freund gewesen war«, erzählte Anna. »Der Vater hatte sich nach dem Zusammenbruch der Sowjetunion aus finanzieller Not mit Kriminellen eingelassen und wollte jetzt aussteigen. Um das zu verhindern, habe man seinen Sohn umgebracht. Doch der Mord bewirkte genau das Gegenteil. Er festigte den Entschluss des Vaters. Robert Börgel wollte mir wichtige Informationen übergeben, Namen nennen, Belege über die Machenschaften mitbringen. Aber er ist nicht zu unserer Verabredung gekommen. Er hat sich nie wieder bei mir gemeldet. Es ist davon auszugehen, dass er und dieser Physiker eliminiert wurden, wie das in diesen Kreisen so schön heißt. In der Zeitung stand am nächsten Tag eine Meldung, ich dachte, du hättest sie gelesen. Ein Auto war wahrscheinlich wegen überhöhter Geschwindigkeit von der Fahrbahn abgekommen und hatte sofort Feuer gefangen. Die beiden Insassen seien bis zur Unkenntlichkeit verbrannt. Einem Menschen in der Position, in der Herr Staatsminister Börgel damals war, dürfte es nicht schwergefallen sein, den tatsächlichen Hergang zu verschleiern und seinen Sohn offiziell beim Surfen tödlich verunglücken zu lassen. Möglichst weit weg von irgendwelchen verräterischen Papieren. In Hawaii eben.«

»Warum hat er mir nicht gesagt, wer er wirklich ist, Anna?«, fragte ich. »Mir seinen echten Namen genannt? Sondern mich mit den Worten ›Warte nicht auf mich‹ verlassen – und ist nie mehr aufgetaucht? Er wusste doch, dass ich den Auftrag hatte, Robert Börgel, also ihn, zu finden. Das habe ich ihm erzählt.«

»Ihm war genau bewusst, in welcher Gefahr er schwebte, Sabine. Er wollte dich da nicht noch weiter hineinziehen. An dem Tag, an dem ihr euch zum letzten Mal gesehen habt, war er nachts auf dem Weg zu dir, da merkte er, dass ihm jemand folgte. Er glaubte, in der U-Bahn diesen Kolumbianer, Sebastian Comás, gesehen zu haben, der für ihn unzweifelhaft derjenige war, der den Sohn des Atomphysikers umgebracht hatte. Im Auftrag der russischen Mafia. Er wollte dir alles sagen, aber vorher seinen Plan zu Ende bringen. Er hoffte, mithilfe des Vaters seines ermordeten Freundes beweisen zu können, was wirklich geschehen war. Sobald die Geschichte veröffentlicht gewesen wäre, hätte für ihn und für dich keine Gefahr mehr bestanden, glaubte er.«

Ich erinnere mich an diesen Kolumbianer, der in München im Studentenheim Rolfs Zimmernachbar gewesen war. Ich war ihm am Anfang meiner Recherchen dort begegnet. Er war sehr zuvorkommend gewesen. Hat mir seine Hilfe angeboten. Nie wäre ich auf den Gedanken gekommen, dass dieser gut aussehende, sympathisch wirkende junge Mann ein Auftragskiller der russischen Mafia war.

Rolf hatte mit Anna auch über seine Gefühle gesprochen. Ihm war es genauso ernst gewesen wie mir. Wie hatte ich nur daran zweifeln können? »Ich hatte mich systematisch zum Zyniker entwickelt«, hatte er gesagt. »Ich bin in einer Welt groß geworden, in der Lügen, Taktieren und Hinterhältigkeit die Regel sind. Meine Eltern glaubten, das nicht vor mir verbergen zu müssen. Und dann treffe ich Sabine, den ersten Menschen in meinem Leben, der durch und durch ehrlich ist. Natürlich kennt auch sie ihre kleinen Tricks, wie soll sie sonst überleben. Aber in ihrem Innern kann sie nicht lügen. Das habe ich in der Nacht, als ich mit ihr geschlafen habe, erkannt. Ich begriff, hier ist ein Mensch, den du lieben kannst und der dich liebt. Ein Mensch, dem ich wirklich nahe sein will.«

Wie viel Leid hätte ich mir ersparen können, wenn ich damals bereit gewesen wäre, Anna zuzuhören, als sie anrief. Wenn ich nicht darauf versessen gewesen wäre, keinen Gedanken an diesen Mann mehr zuzulassen. Wenn das Zutrauen in mich stärker gewesen wäre. Wenn ich nicht so schnell bereit gewesen wäre, diese Liebe letztendlich für unmöglich zu halten, aus mangelndem Selbstvertrauen und aus Scham darüber, dass ich glauben konnte, es gäbe es wirklich: das überwältigende Gefühl einer jähen Liebe.

Die Wolkendecke reißt und gibt die schmale Sichel des Mondes frei. Etwas wie Ruhe – Frieden kann ich es noch nicht nennen – kehrt in mein Inneres ein. Ruhe und Trauer. Erstmals kann ich sie zulassen. Die Trauer um diesen Mann und seinen schrecklichen Tod, um diese kurze Liebe, die abrupt ihr Ende fand.

Was bleibt, ist die Ungeheuerlichkeit der ganzen Geschichte. Unklare Machenschaften in der deutschen Politik und ein Auftragskiller, der offiziell als Student in München lebte, mit mir flirtete, und nicht das kleinste Warnlämpchen leuchtete in mir auf. Das heißt, ein gewisses Unbehagen spürte ich in seiner Gegenwart schon. Er war besonders zuvorkommend, wollte mich zum Essen einladen, obwohl wir uns erst eine halbe Stunde lang kannten. Ich lehnte dankend ab. Er bestand darauf, mich wenigstens mit seinem Auto zum Hotel bringen zu dürfen.

Ich wusste nicht, mit welchem Argument ich das ablehnen sollte, nannte ihm jedoch eine falsche Adresse und ließ mich dort absetzen. Eine Stunde saß ich dann in einer Ecke eines Hotelfoyers, erzählte dem Menschen an der Rezeption irgendetwas von einer Verabredung, bis ich mich zurück in mein Hotel wagte.

Der Kolumbianer war mir damals nur lästig gewesen, an irgendeine ernste Gefahr hatte ich nicht gedacht. – Ganz im Gegensatz zu diesem Moment. Als würde mir erst jetzt das Ausmaß dessen bewusst, was die Bezeichnung »Auftragskiller« bedeutet. Wie hatte Herr Dr. Börgel gesagt? »Es könnte sonst unangenehm für Sie werden.«

Warum sollte er so weit gehen? Selbst wenn der Staatsminister a. D. Zweifel an meiner Aussage hatte, dass ich in den Ordner nicht reingeschaut hatte und keine Ahnung hatte, um was es sich handelte, wäre das kein Grund, mir einen Killer auf den Hals zu hetzen. Warum sollte er die Kampagne gegen mich erst Jahre nach dem Vorfall starten? Und wozu all diese merkwürdigen Manöver? Um mich zu verunsichern? Mich unglaubwürdig wirken zu lassen? Absoluter Blödsinn.

Trotzdem, wohl ist mir bei dem Gedanken nicht, dass dieser Sebastian Comás möglicherweise immer noch in Deutschland seiner Arbeit nachgeht.

Die Novembernacht vor meinem Fenster bekommt plötzlich etwas Bedrohliches. Hat sich gegenüber nicht gerade die Gardine im Erdgeschoss bewegt? Mit der richtigen Waffe wäre die Distanz sicher kein Problem. Inwieweit würde die Fensterscheibe ein genaues Zielen zulassen? Gibt es in der Berufssparte »Auftragskiller« Statistiken? Normales Fensterglas, Durchschlagskraft sowieso, Schusskanalabweichung zwei bis vier Grad. Mein Kichern hört sich irre an.

Ich merke an einem leichten Zug im Nacken, dass hinter mir die Tür aufgeht. Paul hat doch Probe. Wieso ist er schon da? Ich habe ihn gar nicht gehört. Er ruft jedes Mal: »Hallihallo, da bin ich!«, wenn er aufschließt. Immer. Ich habe schon öfter gedacht, er könnte sich was Neues einfallen lassen. Für einen erwachsenen Mann klingt das ziemlich albern.

Dann begreife ich. Es ist nicht Paul …! Ich kann den Satz nicht zu Ende denken, da mir ein stinkendes Tuch auf Nase und Mund gepresst wird. Ich will um mich schlagen, aber eine seltsame Schlaffheit überfällt mich.

Nicht wehren. Habe ich das gedacht oder hat das jemand gesagt? Das Letzte, was ich sehe, ist eine grinsende Karnevalsmaske, die sich über mich beugt.

Als ich wieder zu mir komme, liege ich in meinem Bett. Die Decke sorgfältig bis unter die Achseln hochgezogen, die Hände ineinandergefaltet auf meiner Brust. Eine Haltung wie auf dem Totenbett.

»Paul!«, will ich rufen, doch meine Stimme gehorcht mir nicht. Mein Blick fällt auf den Wecker. Zehn nach zehn. Um neun hatte ich noch am Fenster gestanden. Ich weiß es genau. Ich hatte auf meine Armbanduhr geschaut, weil ich überlegt hatte, ob ich ins Bett gehen oder mir einen Kaffee machen sollte, um auf Paul zu warten.

Dieser Luftzug im Nacken und dieses stinkende Tuch. Ruckartig setze ich mich auf. Mir wird schwindelig. Und mir ist übel. Aber ich muss nachsehen, auch wenn es sicher klüger wäre, sich schlafend zu stellen. Doch das schaffe ich nicht.

Ich laufe durch die Wohnung, knipse überall das Licht an. Reiße die Schranktüren auf und schreie: »Komm raus, du Feigling! Zeig dich, du hinterlistiger, hinterfotziger, heimtückischer, geisteskranker Idiot!«

Ich schaue unters Bett. Als ich mich aufrichte, stehe ich vor meinem Spiegelbild. Ich sehe, dass ich zittere. Gemerkt habe ich es vorher nicht. Wenn ich versuchen würde, die Situation sachlich zu betrachten, würde ich sagen: Diese Frau da guckt irre, und sie hat ein Nachthemd an.

Ich wiederhole es laut: »Diese Frau hat ein Nachthemd an. Ihr eigenes Nachthemd.« Das bedeutet … Schützend verschränke ich meine Arme vor der Brust. Dieser Kerl hat mich ausgezogen, mir das Hemd übergestreift und mich ins Bett gelegt. Was hat er sonst noch gemacht? Ich reiße das Nachthemd hoch. Darunter bin ich nackt. Ich kann keine Spuren einer Vergewaltigung entdecken. Kein Sperma läuft mir die Beine runter, die Scheide tut nicht weh und das Schamhaar ist völlig trocken. Er kann natürlich alle Spuren beseitigt haben. Schließlich hatte er über eine Stunde Zeit. Doch ich habe auch keine Kratzer und keine blauen Flecken.

Ich werde morgen früh zum Arzt gehen. Und was sagen? »Ich bin betäubt und vielleicht vergewaltigt worden. Können Sie bitte mal nachsehen?« Wenn er keine entsprechenden Beweise findet, wird er mich ebenso anschauen wie Paul.

Paul. Warum warst du nicht da, um mich zu beschützen? Warum hast du mich nicht vor dieser Demütigung bewahrt, von einem wildfremden Menschen nackt missbraucht zu werden?

Denn ein Missbrauch war es auf jeden Fall, selbst wenn er an mir keine sexuellen Handlungen vorgenommen hat. Ich darf mir das Bild nicht ausmalen, wie ich willenlos vor dieser grinsenden Maske liege. Tue es dennoch.

»Warum hast du das nicht verhindert, Paul?« Ich schlage wütend auf das Kopfkissen ein. »Warum? Warum? Warum?«

Eine Hand legt sich auf meine Schulter. Ich fahre herum und haue dem Angreifer das Kissen gegen den Kopf. Es ist Paul. Er hält sich das Auge. »Bist du komplett verrückt geworden?«

»Oh, Entschuldigung. Du bist es. Hab ich dir wehgetan? Ich dachte … Du bist da. Gott sei Dank, du bist da. Ich bin überfallen worden. Man hat mich betäubt, nackt ausgezogen und vielleicht vergewaltigt.« Ich schlinge die Arme um ihn. »Bitte, halt mich fest. Bitte, Paul.«

»Langsam, langsam. Was ist das jetzt wieder für eine Geschichte?«

»Der Kerl mit der Maske war da, hat mir ein Tuch mit Äther auf die Nase gedrückt und mir mein Nachthemd angezogen. Das heißt, vorher hat er mich nackt ausgezogen …«

»Sabine, stopp! Hör auf mit dem Schwachsinn.«

»… und dann hat er mich ins Bett gelegt und … Ich schäme mich so.« Ich hänge schwer an seinem Hals.

»Ich halte das nicht länger aus.« Er will mich von

sich schieben. Ich klammere mich nur noch fester an ihn. »Lass mich los.« Er greift nach meinen Handgelenken, löst sie von sich, braucht dazu seine ganze Kraft.

Ich sinke auf den Boden, greife nach seinem Bein, halte es fest, wimmere: »Nicht weggehen. Bitte, bitte, nicht weggehen.«

Er geht zur Tür, schleift mich hinter sich her. Er haut mir auf die Hände, tritt mit seinem freien Bein nach mir, schreit mich an: »Begreifst du das nicht? Ich kann nicht mehr.«

Schluchzend lasse ich ihn los, bleibe bäuchlings im Flur liegen. Er öffnet die Tür und rennt die Treppe hinunter. Ich schreie ihm nach: »Paul. Bitte! Bitte, Paul!«

Er antwortet nicht. Im Stockwerk unter uns öffnet sich leise eine Tür. Doch niemand fragt: »Kann ich Ihnen helfen?«

Ich müsste sowieso Nein sagen. Helfen kann ich mir offensichtlich nur selbst.

Ich stehe mühsam auf, schließe die Tür, drehe den Schlüssel zweimal herum, klemme einen Stuhl unter die Klinke. Dann kontrolliere ich die Wohnung, prüfe, ob die Fenster richtig verriegelt sind. Aber was heißt bei Altbaufenstern schon richtig? Ein kleiner Hebel, den man sicher austricksen könnte. Die Balkontür in der Küche steht weit offen. Von dem Balkon führt die Feuerleiter hinunter und natürlich auch herauf.

Ich schließe die Tür, lege den Hebel vor, versperre die Küchentür, das Schlafzimmer, das Bad. Die Tür im Wohnzimmer von innen. Ich nehme den Brieföffner vom Schreibtisch, einen spitzen kleinen Dolch, und setze mich in den Sessel. Die Decke, die auf dem Sofa liegt, breite ich über mich. So bleibe ich sitzen, die ganze Nacht. Paul kommt nicht nach Hause.

12.

Als ich am nächsten Morgen aus der U-Bahn komme, sehe ich Paul, der vor dem Eingang zu meinem Büro auf und ab läuft. Am liebsten würde ich umdrehen. Ich will jetzt nicht mit ihm reden, mich nicht mit ihm auseinandersetzen. Ich will seine Rechtfertigungsversuche nicht hören, seine Ausflüchte, seine Beteuerungen, wie so oft, dass das alles nichts zu bedeuten habe, seine Selbstbeschuldigungen, die er sehr überzeugend vorbringt. Wie ein Kind glaubt er, danach sei alles wieder gut. Meistens hat er auch Erfolg damit. Aber heute ist es nicht so einfach. Weil er mir im Moment völlig egal ist. Es gibt nur einen Menschen, der mich im Augenblick interessiert, und das bin ich selbst.

Er kommt auf mich zu, setzt sein bekanntes Lächeln auf. »Ich war bei uns zu Hause. Du warst schon weg.«

Ich könnte sagen: Ich war beim Arzt, vergewaltigt wurde ich nicht. Aber ich sage nichts. Wozu? Um wieder in dieses Gesicht zu sehen, von dem ich Ärger und Unverständnis ablesen kann. Irritiert durch mein langes Schweigen startet Paul einen neuen Versuch: »Darf ich mit reinkommen?«

Mein »Nein!« trifft ihn in den Rücken, er hatte sich bereits auf den Weg in Richtung der großen gläsernen Eingangstüre gemacht.

Erstaunt dreht er sich um. »Nein? Willst du unser Problem hier draußen in aller Öffentlichkeit diskutieren?«

»Hör zu, Paul. Ich will überhaupt nicht diskutieren. Du hast mich in einem Moment der größten Angst allein gelassen. Und ich weiß noch nicht, wie ich damit umgehen soll.«

»Ich weiß, dass das falsch war, und es tut mir sehr leid …«

»Paul! Stopp! Du glaubst mir nicht, kannst mir nicht glauben. Das ist eine Tatsache. Was könnte dir daran leidtun?«

»Vielleicht genau das. Dass ich es nicht kann. Dass dazu meine Vorstellungskraft nicht ausreicht.«

»Darum geht es nicht.«

»Um was dann?«

»Um Vertrauen. Es gibt ein Theaterstück von Giraudoux: ›Romeo und Juliette‹. Da sagt sie zu ihm, dass das Vertrauen zwischen Liebenden so groß sein muss, dass er, selbst wenn er sie im Bett mit einem anderen antrifft, ihr glaubt, dass da nichts war.«

»Du verlangst Unmögliches.«

Mit einem traurigen Lächeln streichele ich seine Wange. »Kann sein. Ruf mich heute Nachmittag an. Ich will neue Schlösser einbauen lassen. Und ehe das passiert ist, werde ich nicht mehr allein in meiner Wohnung bleiben. Heute Abend kommt ein Handwerker vorbei und schaut sich an, was zu machen ist. Herr Freitag, der Chef der Firma, hat sich freundlicherweise bereit erklärt, seinen Sohn nach Feierabend noch vorbeizuschicken. Etwa gegen halb sieben.«

»Aber ich habe heute Abend Probe.«

»Ich weiß. Ich werde zu Hause sein. Danach wieder hierher fahren. Ich werde im Büro übernachten. Alles Weitere telefonisch.«

Ich drehe mich um und gehe zur Tür, während er mit hängenden Schultern auf dem Bürgersteig stehen bleibt.

»Sabine, bitte!«, ruft er mir nach. Ich reagiere nicht.

Als ich ins Büro komme, sitzt Tanja mit gerunzelter Stirn vor ihrem Computer. Irgendetwas scheint ihr nicht zu gefallen. Sie schaut auf, schlängelt ihre Augenbraue und fragt: »Kaffee?«

Ich nicke.

»Shit! Shit! Shit!«, ist ihr Kommentar zu den Ereignissen von heute Nacht. Sie nimmt mich in die Arme, drückt mich fest an sich. Dann löst sie sich. »Entschuldigung, Chefin.«

»Danke.«

Wir sind beide verlegen. Tanja überbrückt es mit scheinbarer Geschäftigkeit. Sortiert die Stifte auf ihrem Schreibtisch, schaltet den Computer ein. Sie fragt: »Willst du Anzeige gegen Unbekannt erstatten?«

»Was soll das bringen? Ich habe nicht den kleinsten Beweis. Die Balkontür in der Küche war nicht abgeschlossen. Vielleicht könnte eine Spurensicherung erkennen, ob der Riegel mit einem Schraubenschlüssel oder einem anderen schmalen Werkzeug aufgehebelt wurde. Das geht ganz leicht, ich hab's heute Morgen ausprobiert. Aber was sagt das aus? Fingerabdrücke hat der Kerl bestimmt nicht hinterlassen. Ich habe nichts in der Hand. Das macht es so unerträglich.«

»Wir müssen was unternehmen. Wo fangen wir an?«

»Das ist und bleibt die entscheidende Frage. Ich habe mir die ganze Nacht darüber den Kopf zerbrochen. Hatte ja genügend Zeit dazu. Mir ist nichts eingefallen, außer die alten Fälle durchzugehen. – Und das hatten wir ja schon.«

Tanja starrt auf ihren Monitor, als erwarte sie von ihm die erlösende Antwort. »Fangen wir also bei den aktuellen Ereignissen an. Wann ist diese Karnevalsmaske das erste Mal aufgetaucht?«

»Letzte Woche. Auf der Rückfahrt von Regensburg, nach dem Gespräch mit Frau von Espen.«

»Ist es möglich, dass dir jemand gefolgt ist?«

»Von Regensburg bis Frankfurt? Unwahrscheinlich. Der Typ in dem Auto ist ja erst an der Stadtgrenze von Frankfurt aufgetaucht.«

»Vorher hast du nichts Verdächtiges bemerkt?«

»Vorher bin ich stundenlang durch den Regen gefahren, war hundemüde und bin durch ein verschlafenes Dorf geirrt, um diesen Dr. Arnold zu finden. Was mir nicht gelungen ist.«

»Und der, der dich gestern Abend überfallen hat, hatte diese Maske auf?«

»Ja. Auch wenn ich sie nur kurz gesehen habe. Es war das gleiche rotbäckige, grinsende Pappgesicht mit der Knubbelnase.«

»Und in der Zwischenzeit ist sie dir nicht mehr begegnet?«

»Ein logisch denkender Mensch würde sagen, nein. Denn wie soll sie da hingekommen sein? Trotzdem bin ich mir sicher, sie im Schwarzwald gesehen zu haben. Durch den Spalt einer Zimmertür.« Vor meinem geistigen Auge taucht der lange Flur mit den grün bespannten Wänden auf, dem großen, wie eine Krone geformten Leuchter an der Decke und der Tür auf der linken Seite, die sich öffnet und aus der mich die Maske angrinst. »Weil ich so ausgerastet bin, hat Paul nachgesehen. Eine elegante ältere Dame hat ihm geöffnet und mit ihm gesprochen. Unwahrscheinlich, dass sie etwas damit zu tun hat. Und das Hauptargument: Woher sollte der/die/das wissen, dass wir uns im Schwarzwald aufhalten? Das war mir ja selbst 24 Stunden vorher noch nicht klar.«

»Dr. Arnold wusste es.«

»Was? Wieso der?«

»Dein Handy war auf meins umgeleitet, wie immer, wenn du nicht zu erreichen bist. Und ich habe ihn Freitagmorgen darüber informiert, dass ihr auf dem Weg in den Schwarzwald seid. Er meinte, dass er dich beneidet. Weil er diese Gegend liebe.«

»Ja, und dann?«

»Er betonte mehrmals, wie wichtig es sei, dich sehr bald sprechen zu können. Persönlich. Ob er dich nicht irgendwie erreichen könnte. Na ja, und da hab ich ihm den Tipp gegeben, in Baiersbronn ein paar Hotels durchzutelefonieren und zu fragen, ob ihr da abgestiegen seid.«

»Das hast du ihm gesagt?«

»Ja.«

Ich versuche Ordnung in die Gedanken zu bringen, die in meinem Kopf kreisen. »Also angenommen – einmal angenommen –, dieser Dr. Arnold steckt hinter der Karnevalsmaske und den rätselhaften Vorgängen, dann bringt uns das auch nicht weiter. Es gibt in der Vergangenheit keinen Fall, bei dem ich mit einem Dr. Arnold zu tun hatte.«

»Du hast doch heute Abend um neun eine Verabredung mit ihm.«

»Ja.«

»Allein gehst du da nicht hin, und im Dunkeln schon mal gar nicht. Weißt du was? Wir statten ihm einen Überraschungsbesuch ab.«

»Jetzt gleich?«

»Klar. Such mal die Wegbeschreibung raus.«

Wir halten uns an die Beschreibung, die er mir am Telefon durchgegeben und die ich unter Notizen in mein Handy übertragen hatte, doch wieder endet die Fahrt direkt vor der Friedhofsmauer. Nur dass diesmal keine Regenschleier gegen mein Auto gejagt werden, keine dunklen Wolken den Mond verbergen, sondern helllichter Tag ist. Aber das Wichtigste, ich bin nicht allein. Tanja hat beide Arme auf das Steuerrad gelegt und starrt auf den Engel. Sie schweigt. Lange. Dann sagt sie, in einem Tonfall, als wolle sie sich vor der steinernen Figur rechtfertigen: »Irgendjemand hat hier Mist gebaut. Aber nicht wir.« Sie wendet sich mir zu. »Ruf den Kerl an.«

Ich reiche ihr das Handy. »Mach du. Die Nummer ist gespeichert.«

Tanja schaut mich fragend an, drückt dann jedoch die entsprechenden Tasten. Nach dem ersten Läuten ertönt die Ansage »Kein Anschluss unter dieser Nummer.« Sie versucht es erneut, das gleiche Resultat. »Das versteh ich nicht. Er hat doch genau unter dieser Nummer im Büro angerufen.«

»Und eine Festnetznummer haben wir nicht.«

»Nee. Aber wozu gibt es das Internet. Falls wir hier Netz haben.«

Tanja schaltet mein Handy wieder ein, wischt und tippt auf dem Bildschirm herum und hält mir dann das Gerät hin. »Also, den gibt's hier in dem Kaff tatsächlich. Hab schon gedacht, er ist ein Phantom.«

Ich reagiere nicht. Ich betrachte den Engel und weiß plötzlich, dass dieser Dr. Arnold bei der Wegbeschreibung keinen Fehler gemacht hat. Er wollte mich genau hierher führen, zu diesem Engel. Ich öffne die Fahrertür und steige aus. »Ich muss auf den Friedhof. Komm mit.«

Das ist auch einer der Vorzüge von Tanja. Sie fragt nie lange, wieso und warum.

*

Ein roter Golf fährt die Straße entlang. Der Fahrer verlangsamt kurz die Fahrt, beugt sich vor und schaut den beiden Frauen nach, als sie durch das Friedhofstor gehen, dann beschleunigt er wieder.

*

Auf der anderen Seite der Mauer wirkt der Engel noch beeindruckender. Er ist überlebensgroß und beugt sich mit geneigtem Kopf und breit gefächerten Flügeln über eine Grabstätte. Die eine Hand streckt er weit von sich – diejenige, die über die Mauer ragt –, die andere hält er wie segnend über eine weiße Marmorplatte, die in den Boden eingelassen ist. In silbernen Lettern ist darauf zu lesen: »Hier ruht in Gottes

Frieden unsere innig geliebte Tochter und Schwester Helena Roland. In tiefem Schmerz nehmen wir Abschied von einem Menschen, der der Welt nicht standhalten konnte. Ursula, Franz und Jens Roland.«

Der Name sagt mir nichts. Ist mir nie zuvor begegnet. Trotzdem muss es einen Zusammenhang geben. Ich muss mit diesem Dr. Arnold sprechen. »Ich strecke meine Hand aus. Tanja, gib mir mal mein Handy wieder. Wo steht die Nummer?«

Das Display leuchtet wieder auf, ich sehe eine Nummer, tippe sie ein und drücke auf die Lautsprechertaste.

Eine ältere Männerstimme meldet sich: »Arnold.«

»Guten Tag, Herr Dr. Arnold. Mein Name ist Sabine Reichert.«

»Wer ist da bitte?«

»Sabine Reichert Wir haben für heute Abend um 21 Uhr eine Verabredung. Da ich jedoch jetzt schon in Ihrer Nähe bin, wäre es mir sehr recht, wenn wir uns früher treffen könnten.«

Stille am anderen Ende. Nach ein paar Sekunden: »Sabine Reichert, sagen Sie?«

»Ja.«

»Ich kenne Sie nicht. Ich habe ganz bestimmt keinen Termin mit Ihnen ausgemacht.«

Tanja flüstert: »Die Sache stinkt zum Himmel.«

»Entschuldigen Sie bitte, aber ich bin etwas irritiert. Mich hat jemand unter Ihrem Namen angerufen und mit mir ein Treffen vereinbart. Oder gibt es noch einen anderen Dr. Franz Arnold hier in diesem Ort?«

»Nein. Ich finde das alles höchst seltsam.«

»Geht mir genauso. Wären Sie bereit, trotzdem mit mir und meiner Mitarbeiterin zu sprechen?«

»Ja. Die Sache interessiert mich auch.«

»Passt es Ihnen jetzt gleich?«

»Ja. Gerne.«

»Können Sie mir sagen, wie wir zu Ihnen kommen?«

»Wo sind Sie im Moment?«

»Am Friedhof.«

»Das ist ganz in der Nähe. Fahren Sie zurück bis vorne an die Kreuzung, am Ortsschild rechts abbiegen, 100 Meter weiter geradeaus. Die Straße führt Sie durch ein großes Tor direkt vors Haus. Sie können es nicht verfehlen.«

Diesen Text habe ich schon einmal gehört, mit einem Unterschied. »Am Ortsschild links«, hieß es da.

Diesmal führt die Beschreibung zum Ziel. Das Tor ist weit geöffnet, und eine breite Zufahrt durch einen Park endet vor einem wunderschönen Fachwerkhaus. In der geöffneten Haustür steht ein schlanker grauhaariger Mann. Leicht gebeugt stützt er sich auf einen Stock und lächelt uns entgegen.

»Guten Tag, Herr Dr. Arnold. Ich bin Sabine Reichert, und das ist meine Mitarbeiterin Tanja Schmied.«

Sein Händedruck ist fest. »Bitte, kommen Sie herein, meine Damen. Gehen wir gleich links in mein Arbeitszimmer.« Er weist auf eine offene Tür, die in ein großes, helles Zimmer führt.

»Verdammte Axt! Das ist ja der absolute Burner.« Wenn Tanja damit meint, dass der Anblick unglaublich ist, so hat sie recht. Die linke Wand des Zimmers besteht aus einem riesigen Terrarium.

Zwischen seltsamen Pflanzen, die üppig zwischen einem Gestänge, das wie Bambus aussieht, wuchern, sehe ich mindestens vier giftgrün leuchtende Drachentiere. Wie immer die auch heißen mögen. Auf dem Rücken und auf dem Kopf haben sie rostbraune Flecken. Unter dem Stängel eines großblättrigen Gewächses, das die gleiche Farbe hat, hockt ein besonders großes dicht an der Scheibe und glotzt uns an.

»Bitte, setzen Sie sich.« Dr. Arnold weist auf eine Sitzgruppe, die vorm Fenster steht.

»Das muss ich mir näher ansehen.« Tanja geht dichter an das Terrarium heran. »Ich darf doch?«

»Aber ja, aber ja. Tun Sie das. Freut mich, dass Sie sich für meine Madagaskar-Taggeckos interessieren. Die wenigen Menschen, die mich besuchen, haben in der Regel kaum Verständnis für meine Leidenschaft. Meine Zugehfrau betritt dieses Zimmer grundsätzlich nicht. Wie wäre es mit einem Kaffee?«

»Gerne. Wenn es Ihnen nicht zu viel Mühe macht.«

»Ich bin bestens eingerichtet.«

Er geht hinaus, ich höre, dass Kaffee gemahlen wird, und bald weht ein köstlicher Duft ins Zimmer.

Ich trete ans Fenster und schaue in den Park. Zu dieser Jahreszeit ist er ziemlich grau, aber sogar das kahle Geäst lässt erkennen, dass dort die verschiedensten Bäume und Sträucher angesiedelt sind. Auf der rechten Seite ist ein großes Gewächshaus zu sehen.

»Sie müssen im Mai wiederkommen. Dann ist der Garten am schönsten.« Dr. Arnold stellt ein Tablett mit Kaffeegeschirr und einer hohen weißen Kanne auf den Tisch. »Bitte, bedienen Sie sich.«

Ich setze mich und unser Gastgeber reicht mir eine Mokkatasse mit blauem Rand. Er schaut mich erwartungsvoll an, als ich den ersten Schluck nehme. Der Kaffee schmeckt außergewöhnlich gut. Kräftig, aber nicht bitter.

»Und? Sagt er Ihnen zu?«

»Wunderbar!«

Er nimmt mein Lob mit einem zufriedenen Lächeln an. »Das ist ein Hochlandkaffee aus Kenia. Ich lasse ihn mir direkt von dort schicken. Ich habe 30 Jahre in Afrika gelebt. Ich vermisse dieses Land. Vor fünf Jahren mussten meine Frau und ich aus gesundheitlichen Gründen nach Deutschland zurückkehren. Sie ist letztes Jahr gestorben.«

»Das tut mir leid.«

»Ja. Es ist nicht einfach für mich.« Dr. Arnold setzt sich in einen Sessel. Man merkt, dass ihm die Bewegung schwer fällt. »Wie dem auch sei, Sie sind ja aus einem ganz anderen Grund zu mir gekommen.«

Ich berichte in kurzen Worten von den drei Anrufen unter seinem Namen; ein Kontakt, der über eine Handynummer hergestellt wurde, die offensichtlich heute nicht mehr aktiv ist. »Bei der Auskunft haben wir dann Ihre Festnetznummer erfragt.«

Dr. Arnold rührt nachdenklich fünf Teelöffel Zucker in seinen Kaffee. An Diabetes scheint er nicht zu leiden. »Ich kann mir das nicht erklären. Wieso benutzt er meinen Namen?«

»Sagt Ihnen der Name Roland etwas?«

»Roland?«

»Ja. Wir sahen eben auf dem Friedhof das Grab einer Helena Roland.«

Der alte Herr mustert mich prüfend, fragt aber nicht, was wir dort eigentlich gesucht haben. Ein weiterer Löffel Zucker wird in den Kaffee gerührt.

»Ja. Die Familie war hier ansässig. Die Tochter hat Selbstmord begangen. In Untersuchungshaft, wenn ich mich recht erinnere. Sie war wohl wegen eines Drogendeliktes inhaftiert worden. Es hat die Familie sehr mitgenommen. Sie waren von der Unschuld der jungen Frau überzeugt und haben heftige Vorwürfe gegen die Staatsanwaltschaft erhoben. Dass sie nicht berücksichtigt hätte, dass ihre Tochter unter schwerer Klaustrophobie litt. Obwohl sie mehrmals darauf hingewiesen hätten. Doch das sind alles nur Gerüchte.

Näheres weiß ich darüber nicht. Meine Frau und ich hatten wenig Kontakt zu den Menschen hier im Ort. Was ich Ihnen eben erzählte, weiß ich von der Pflegerin meiner Frau.

»Sie selbst haben also persönlich niemand von der Familie Roland kennengelernt?«

»Nein. Bald nach dem Tod der Tochter sind sie weggezogen. Die Ehe soll daran zerbrochen sein.«

»Was Herr Roland beruflich macht, wissen Sie nicht zufällig?«

»Frau Meinhard, die Pflegerin meiner Frau, sprach immer vom Herrn Bankdirektor Roland. Aber das hilft Ihnen sicher auch nicht weiter.« Dr. Arnold wirkt bekümmert. »Tut mir leid, mehr weiß ich leider nicht. – Da Sie schon einmal hier sind, darf ich Ihnen meine Orchideen zeigen? Ich habe so wenig Gelegenheit dazu, sie bewundern zu lassen. Das Haus habe ich damals vor allem wegen des großen Grundstücks gekauft. Ich hatte die sentimentale Idee, ein kleines Tropenhaus zu bauen. Aber man hat mir dafür die Baugenehmigung nicht erteilt. Also ist nur ein Gewächshaus für Orchideen daraus geworden.«

Ich schaue auf die Uhr. Es müsste reichen, um den Termin mit dem Handwerker nicht zu verpassen.

»Gerne.«

Ich merke, dass meine Zustimmung den alten Herrn freut. Tanja allerdings möchte lieber noch hierbleiben. Sie kann sich nicht von dem Terrarium lösen.

Während ich mir die verschiedensten Orchideenarten und ihre spezifischen Empfindlichkeiten erklären lasse, frage ich: »Sagt Ihnen der Name Eva Rosskamp etwas?«

»Nein. Tut mir leid. Wer soll das sein? Warten Sie … Rosskamp? Ich kannte einen Bankier namens Rosskamp. Während meiner Zeit in Afrika hatte meine Firma hin und wieder mit seiner Bank zu tun. Gibt es da einen Zusammenhang?«

»Ja. Sie war seine Tochter.«

»So.«

»Sie ist tot.«

Warum fragt er nicht nach dem Warum und Wieso, sondern betrachtet konzentriert ein besonders schönes Exemplar seiner Züchtung? Das Lächeln, mit dem er sich mir zuwendet, wirkt etwas gezwungen.

»Ich danke Ihnen sehr, Frau Reichert, für Ihr Interesse. Es hat mir Freude gemacht. Doch leider … – ich habe einen Termin. Wenn Sie mich also entschuldigen würden. Natürlich bin ich an der Aufklärung Ihres Falles sehr interessiert. Es wäre freundlich von Ihnen, wenn Sie mich Weiteres wissen ließen.«

In null Komma nichts finden Tanja und ich uns beide vor dem Haus wieder.

»So 'n Ding brauch ich auch. Aber woher die Kohle

dafür nehmen?« Tanja lässt sich seufzend auf den Beifahrersitz fallen. »Ob ich Dr. Arnold einen Heiratsantrag mache?« Sie macht nicht den Eindruck, als wäre das ein Witz. »Der alte Knabe sieht eigentlich gar nicht übel aus.«

»Du wärst dazu glatt imstande.« Ich lasse den Motor an.

»Klar, wenn man etwas unbedingt haben will, sind alle Mittel recht.«

»Freut mich, dass der Tag wenigstens für dich etwas Positives gebracht hat. Bleibt die Frage, wer dieser falsche Dr. Arnold ist.«

13.

Kaum bin ich zu Hause, klingelt es schon an meiner Wohnungstür. Ich schaue durch den Spion. Draußen steht ein Mann in blauem Kittel, mit einer abgenutzten Baseballmütze auf dem Kopf. Rotblonde Locken quellen an den Seiten heraus. 18 Uhr. Einen Handwerker, der zu früh erscheint, habe ich selten erlebt. Ich öffne die Tür. »Herr Freitag?«

Der Mann nickt. »Guten Tag, Frau Reichert.«

»Ja. Schön, dass Sie schon da sind. Kommen Sie herein. Es ist wirklich außergewöhnlich freundlich von Ihrem Vater, Sie heute noch zu mir zu schicken, wo Sie doch längst im wohlverdienten Wochenende sein sollten.«

»Alles im Dienst des Kunden.«

Ich gehe voran. »Schauen Sie sich bitte erst einmal die Balkontür in der Küche an. Vielleicht könnten Sie eine Verriegelung anbringen, die man abschließen kann. Die hätte ich dann auch gerne an allen anderen Fenstern. Und selbstverständlich einen Sperrriegel an der Eingangstür.«

»Warum wollen Sie das alles einrichten lassen?«

Merkwürdige Frage. Davon lebt diese Firma

schließlich. Ich drehe mich zu ihm um. Er steht immer noch in der offenen Tür und schaut mich an.

»In der Nachbarschaft ist vor Kurzem eingebrochen worden.«

»Jetzt haben Sie Angst, dass Ihnen das auch passieren könnte?«

»Nun, Vorsicht kann nicht schaden. Ihr Vater hatte mir schon damals, als ich die Wohnung kaufte, geraten, bessere Sicherheitsvorkehrungen zu treffen. Aber wie das so ist. Zuerst hatte ich kein Geld, dann hab ich nicht mehr daran gedacht.« Warum erzähle ich ihm das alles? Was geht ihn das an? Warum kommt er nicht endlich herein? Und wieso hat er keinen Werkzeugkoffer dabei?

»Sonst macht Ihnen nichts Angst? So viel Angst, dass sie Ihnen die Luft abschnürt, dass Sie nicht mehr atmen können und nur den Wunsch haben, dass endlich alles vorbei ist?«

Er tritt einen Schritt auf mich zu. Im Bruchteil einer Sekunde begreife ich und fühle mich merkwürdig erleichtert. Die Gefahr ist konkret. Ich bin nicht verrückt. Er also. Ein junger Mann, mit blassblauen Augen und einem ebenmäßigen Gesicht, das ich schon einmal gesehen habe.

Es wirkt seltsam fahrig, wie er einen Schal aus seiner Jackentasche zieht, ihn zwischen seinen behandschuhten Händen strafft und wieder locker lässt. Den Schal, den Paul mir im Schwarzwald gekauft hat und den ich bei unserer Abreise nicht finden konnte.

»Worauf wartest du noch?« Eine Frauenstimme in seinem Rücken. Neben seiner Schulter erscheint eine ältere Frau, sehr gepflegt. Sie schließt die Tür.

Die elegante Dame aus Zimmer 15 im Hotel, denke ich, während sich der Schal um meinem Hals zuzieht. Wie bei einem Daumenkino spielen sich vor meinem inneren Auge verschiedene Szenen ab. Die teilnahmsvolle Dame, die mich auf der U-Bahn-Station in Berlin am Arm fasste, als ich auf die Gleise zustolperte. Der Moment, als mir der junge Mann am Gepäckband des Flughafens meine Tasche reichte und mich gerne mit in die Stadt genommen hätte. Der Blickaustausch im Spiegel der Bar in Baiersbronn mit Augen hinter getönter Brille unter einer Baseballkappe. Das Paar, das in Berlin in der Lobby des Hotels saß, als ich den Portier bat, für mich und Tanja einen Flug zu buchen. Und waren die beiden nicht auch in dem Lokal, in dem ich mich mit Stefan Mehnert traf? Er saß mit dem Rücken zu mir, sein volles rotblondes Haar fiel mir auf sowie die fahrigen Hände der älteren Dame ihm gegenüber, die mit dem Zeigefinger ständig über den Rand ihres Weinglases fuhr und auch nicht damit aufhörte, als ein unangenehmes Quietschen zu hören war.

Sie müssen mir überall hin gefolgt sein und haben sich nicht allzu viel Mühe gegeben, dabei unsichtbar zu sein. Verschiedene Brillen und eine Baseballkappe waren keine echte Verkleidung. Nur die Karnevalsmaske. Als hätten sie es darauf angelegt, erkannt zu werden, die Frage zu provozieren: »Warum verfolgen Sie mich?«

Ein indignierter Blick wäre mir sicher gewesen und die Antwort: »Wie kommen Sie auf diese absurde Vermutung?«

Was hätte ich darauf antworten sollen? Selbst in diesem Augenblick fällt mir keine plausible Begründung für ihr Verhalten ein. Weil ich einfach nicht weiß, wer da vor mir steht.

Ich sollte mich wehren, um mich schlagen. Um Hilfe schreien. Aber ich bin wie versteinert. Das Einzige, was über meine Lippen kommt, ist diese eine Frage: »Warum?«

Ich verspüre ein leises Bedauern, dass ich das nicht mehr erfahren werde, als der Druck um meinem Hals immer stärker wird. Dann verliere ich das Bewusstsein.

Über mir wölbt sich der Himmel, blauweiß, wie mit Pinselstrichen hingetupft. Alles um mich herum ist lichtblau. Nicht grell – sanft. Ich schwebe in diesem Lichtblau, denke ich. Wie ein Staubpartikel in der Luft. Hab ich mich jemals zuvor derart leicht gefühlt? Aber warum ist es hier nass? Überall ist Wasser. Ach so, ich schwebe in den Niagarafällen. Wie komme ich hierher? Etwas drückt unangenehm auf meine Brust: fest – lose – fest –lose. Jetzt kommt kein Wasser mehr. Jemand hat es abgestellt. Die Niagarafälle kann man doch gar nicht abstellen. Da, jetzt fließt das Wasser wieder, und von ferne höre ich eine Stimme: »Bitte, lieber Gott, bitte, bitte.«

Wer immer das ist, ich muss ihm sagen, dass der mit dem Pumpen auf meinem Brustkorb aufhören soll. Das tut weh. Sehr weh. Doch ich bringe keinen Ton heraus. Dort, wo meine Stimme sein sollte, ist nur ein großer, brennender Schmerz. Ich möchte zurück in die hohe lichtblaue Kuppel. Da ging es mir gut. Da fühlte ich mich wohl. Sehr wohl. Aber man lässt mich nicht zurück, lässt meinen Brustkorb nicht in Ruhe. Ich muss wissen, wer dieser Störenfried ist.

Ich öffne mühsam die Augen und blicke in ein tränenüberströmtes Gesicht. Das ist doch Tanja. Wie kommt denn Tanja unter die Niagarafälle? Und warum weint sie? Und warum hört sie nicht auf mit ihrem »Bitte, lieber Gott, bitte.«

Das Pumpen hört plötzlich auf, Tanja starrt mich an, dann reißt sie mich in die Arme.

»Gott sei Dank. Gott sei Dank. Herr Freitag!«, ruft sie. »Ich hab's geschafft!«

Was hat sie geschafft? Ich schaue mich um, versuche zu begreifen. Das ist mein Wohnzimmer. Doch warum liege ich auf dem Boden und um mich herum ist alles nass? Und was soll die Gießkanne neben mir?

Ein unbekanntes Gesicht mit zwei blutigen Striemen auf der rechten Wange schaut um die Ecke. »Gratuliere.«

Was soll das denn? Das ist doch nicht Herr Freitag. Der sitzt wie ein Häuflein Elend schluchzend und zitternd mir gegenüber auf einem Stuhl, wie ich über Tanjas Schulter sehen kann. Der Schirm seiner Baseballkappe verdeckt sein Gesicht. Er scheint meinen Blick zu spüren, hebt den Kopf und schaut mich an. Mit dem Ärmel wischt er sich Rotz aus dem Gesicht. »Ich wollte das alles nicht, das müssen Sie mir glauben. Aber meine Mutter hat gesagt: ›Wir sind es deiner Schwester schuldig. Nur noch dieses eine Mal. Dann haben wir endlich Frieden.‹ Ich musste ihr helfen. Ein Nein von mir hätte sie umgebracht. Sie lebte nur noch für ihre Rache.«

Welche Rache? Weshalb?

Der Mann schaut mich weiter an. Wie er dasitzt, zusammengesunken und schniefend, kann er einem direkt leidtun. Dann verzieht ein unangenehmes Lächeln seinen Mund. Er murmelt: »Sie haben eine sehr schöne Haut.«

Vorbei das Mitleid, in mir ist nur noch glühender Zorn über seinen Missbrauch in jener Nacht und der brennende Wunsch, den Schal zu nehmen, der neben ihm auf dem Boden liegt, ihn um seinen Hals zu schlingen und fest zuzuziehen. Er senkt den Kopf, doch in seinem Blick meine ich etwas wie Verständnis gelesen zu haben. Nein. Das nicht. Auf dieser Ebene will ich ihm nicht begegnen.

Ich will etwas sagen, aber es wird lediglich ein schwaches Krächzen draus.

»Nicht reden, Chefin. Schön liegen bleiben. Der Notarzt ist unterwegs.« Tanja schiebt mir ein Kissen unter den Kopf. Ich zeige mit dem Finger auf den jungen Mann. Tanja wendet sich halb zu ihm um.

»Der? Darf ich vorstellen: Jens Roland. Liebenswerter Zeitgenosse. Echt krass, kann ich dir verraten. Der war grad dabei, dich mithilfe seiner Mutter die Treppe nach oben zu schleifen, als wir reinkamen. Wollten dich dekorativ oben am Treppenauge aufhängen. Ich darf nicht drüber nachdenken. Zehn Minuten später und ich hätt morgen einen Kranz kaufen müssen. Ich hab losgeschrien und er ließ dich fallen wie eine heiße Kartoffel. Und hat geredet wie ein Buch. Seine Mutter war weniger bereit, dich freizugeben. Herr Freitag hatte seine liebe Not, sie zu bändigen. Er hat sie ins Bad gesperrt und bewacht die Tür.«

Rätselhafte Informationen, die da auf mich einprasseln. Keine davon beantwortet die große Frage: Warum?

»Streng dich nicht an, Sabine. Ich sag's dir. Schon mal was von einem Anagramm gehört? Schüttle die Buchstaben von Arnold mal ein bisschen. Und? Roland. Dass ich das nicht gleich auf dem Friedhof kapiert habe, verzeih ich mir nie. Du erinnerst dich?

Hier ruht in Gottes Frieden unsere innig geliebte Tochter und Schwester Helena Roland … Und so weiter und so weiter. Diese tote Helena ist schuld an dem ganzen Schlamassel. Wie ich das sehe, hat die Familie Roland ein pathologisches Zusammengehörigkeitsgefühl. Und du bist Bestandteil eines detailliert ausgetüftelten Racheplans. All die netten Dinge, die sie sich haben einfallen lassen: die Drängelei auf dem Autobahnzubringer, der Angriff auf der U-Bahn-Station, Schuh weg und wieder da, das doofe alte Lied, die Karnevalsmaske. Je unglaubwürdiger, umso besser. Wer sollte dir all die Geschichten glauben? Bei Paul ist die Rechnung voll aufgegangen. Paranoid. Bekloppt. Da kann man sich doch nur aufhängen.«

Tanja liest die entscheidende Frage von meinem Gesicht ab. Warum ich? »Hier, deswegen. Das hatte die Alte in der Tasche.«

Tanja geht zum Schreibtisch und kehrt mit einem Zeitungsausschnitt zurück. Ich kenne das zerknitterte Foto. Es ist das, das Tanja seinerzeit gemacht hat. Man sieht Martin Schumann, wie er das Hotel verlässt. Links hält er Eva Rosskamp am Arm, rechts ein Mädchen mit leuchtend roten Haaren, das sein Gesicht wegdreht. Hinter diesem Mädchen bin ganz klar ich zu erkennen.

Der Artikel dazu: »Das Hotel Wendland steht schon länger unter dem Verdacht, für seine Gäste einen ganz besonderen Service anzubieten, der nicht unbedingt mit dem Gesetz in Einklang steht. Zu diesem exklusiven Angebot soll nicht nur Champagner gereicht worden sein. Kommissar M. S. und Detektivin S. R. mit zwei unbekannten Schönen, die sie offensichtlich in flagranti erwischt haben.«

Tanja zeigt auf die Rothaarige. »Das ist Helena Roland. Sie hat sich in der U-Haft aufgehängt, wie ich dir erzählt habe. In der sie natürlich unschuldig saß, laut ihrer Familie. Frag mal ihren Bruder. Drogen? Doch nicht in unserer Familie. Wie die Kokainbriefchen in ihre Tasche gelangt sind? Keine Ahnung. Die muss Eva Rosskamp ihr untergeschoben haben. Zeugenaussagen, dass sie mit Koks gedealt hat – erstunken und erlogen. Alle, die an ihrer Verhaftung teilhatten, sollten dafür büßen. Eva, die Helena zu diesen Aktivitäten im Hotel verführt haben muss, war das erste Opfer. Martin Schumann das zweite. Er ist tot. Kurz nachdem ich ins Büro kam, hat diese Frau Siebert angerufen, um dir das mitzuteilen. Ja, und dann rief Herr Freitag an und fragte, wo du bleibst. Ihr wärt verabredet, aber du würdest auf sein Klingeln nicht reagieren. Obwohl eine Frau aus dem Erdgeschoss gesagt hätte, sie habe dich vor einer halben Stunde das Haus betreten sehen. Der Mann von den Stadtwerken sei auch oben. Sie selber habe ihm die Haustür aufgemacht. Er habe ihr gesagt, du hättest angerufen, weil es in deiner Wohnung nach Gas rieche. Er müsse es kontrollieren. Was für ein übler Trick, um sich bei dir Zutritt zu verschaffen. Aber am helllichten Tag konnte er ja nicht über die Feuerleiter bei dir einsteigen. Merkwürdig sei gewesen, dass er nicht alleine war. Eine ältere Frau sei mit ihm die Treppe hochgegangen. – Bei mir schrillten natürlich sofort alle Alarmglocken. Ich hab ins Telefon geschrien: »Warten Sie auf mich!«, hab mir den Ersatzschlüssel aus deiner Schreibtischschublade gegriffen und bin losgerast. Ich hab mindestens fünf rote Ampeln überfahren. Zahlst du die Knöllchen?«

Es klingelt.

»Das wird der Notarzt sein.« Tanja steht auf. »O shit, wir sollten vielleicht mal die Polizei anrufen.«

In der Tür dreht sie sich um: »Paul wird sich einiges einfallen lassen müssen. Er hat viel gutzumachen.«

Mit leiser Trauer spüre ich, dass ihm das vielleicht nicht gelingen wird.

ENDE